QUE SAIS-JE ?

La littérature française du XIXe siècle

DOMINIQUE RINCÉ

Agrégé des lettres

Ancien élève de l'E.N.S.

Quatrième édition corrigée

27e mille

ISBN 2 13 043840 7

Dépôt légal — 1re édition : 1978
4e édition corrigée : 1991, septembre

108, boulevard Saint-Germain, 75006 Paris

INTRODUCTION

Venant après la majesté sereine du Grand Siècle classique et les Lumières éblouissantes du Siècle des Philosophes, le XIXe siècle apparaît beaucoup plus comme un temps de bouleversement, de contestation et de recherche. C'est que l'histoire politique, sociale et économique y a été elle aussi changements et bouleversements. Sept régimes politiques, trois révolutions et deux invasions étrangères se succèdent en l'espace de trois générations qui voient aussi se renouveler complètement les fondements d'un système économique s'engageant lentement mais sûrement dans la voie du capitalisme moderne, avec tout ce que cela comporte comme progrès frénétiques de la science et de la technique, mais aussi comme exacerbation des rapports sociaux qui, de confrontations d'« ordres », deviennent conflits de « classes ».

Pareille effervescence socio-historique ne pouvait que produire un foisonnement d'idées et de thèses nouvelles dont une histoire sérieuse reste d'ailleurs à faire : débats des idéologues et des spiritualistes au temps des Destutt de Tracy, des Royer-Collard et des Ballanche ; proclamations conservatrices et traditionalistes des hommes d'un âge qui s'achève chez Bonald ou Joseph de Maistre ; défis enthousiastes de ceux qui se veulent les premiers libéraux chez Chateaubriand, P.-L. Courier ou Lamennais ; premières expériences socialistes encore avec Saint-Simon, Fourier et plus tard Proudhon.

La littérature proprement dite ne pouvait évidemment rester en marge d'un pareil mouvement qu'elle allait en réalité faire sien tout au long de cette période. Le partage du siècle en grands mouvements littéraires distincts, isolés dans l'abstraction des beaux concepts de « romantisme », « réalisme », « idéalisme » ou « symbolisme », a ceci de dangereux qu'il masque la permanente intégration des phénomènes littéraires à la vie et à l'histoire réelle du siècle. Une vie et une histoire pourtant bien problématiques désormais pour les individus comme pour les sociétés. Aussi nous efforcerons-nous, tout en respectant par souci de clarté la linéarité des grands courants littéraires du siècle, de saisir chaque écrivain dans l'originalité de sa position face à un certain monde et à un certain moment de l'histoire. Comment ces écrivains ont-ils perçu, comment ont-ils vécu, comment ont-ils conçu et écrit dans l'intimité de leurs génies et dans la solitude de leurs discours ce monde et cette histoire ? Rappelons, s'il en était besoin, que nombre de grands *auteurs* de l'histoire littéraire du XIXe siècle ont été aussi *acteurs* de l'Histoire tout court, Hugo comme Lamartine, Zola comme Chateaubriand. A travers leurs œuvres diverses, par-delà les réussites ou les échecs de leurs entreprises particulières, c'est tout le destin de notre monde moderne naissant qui nous sera donné à lire, avec ses promesses et ses contradictions.

PREMIÈRE PARTIE

UN DEMI-SIÈCLE DE ROMANTISME

Chapitre Premier

LES PREMIÈRES VOIX DU ROMANTISME

Grand âge du romantisme, le XIXe siècle, et plus particulièrement sa première moitié, a connu les étapes qui scandent tout mouvement de pensée : le temps des précurseurs et des prémices, l'ère de la maturité et des chefs-d'œuvre, le crépuscule du déclin. A dire vrai les premiers précurseurs du romantisme, ses réels initiateurs — à tel point qu'on les nomme souvent « préromantiques » — sont d'un autre siècle. C'est en effet dans la sensibilité nouvelle de la seconde moitié du XVIIIe siècle — sensibilité qui refuse ou conteste les leçons trop rigoureuses ou illusoires de la raison triomphante des Philosophes — qu'il faut voir les premières traces de cet esprit neuf qui va marquer la génération des écrivains de l'Empire et des premières années de la Restauration. Il y a déjà du romantisme chez ce bohème avant l'heure qu'est *Le Neveu de Rameau*, il y a du romantisme dans les rêveries exotiques et discrètement sensuelles d'un Bernardin de Saint-Pierre, il y en a plus encore évidemment dans les confidences, les interrogations ou les nostalgies du Rousseau de *La Nouvelle Héloïse* et des *Confessions*. Quand s'ouvre le XIXe siècle les chemins du romantisme sont déjà tracés, ses paysages et ses décors sont esquissés, les subtilités et les angoisses de son analyse du « cœur » humain ont déjà été entrevues.

Néanmoins l'apport incontestable de ceux que l'on peut nommer dans les années 1800-1820 les « premières voix du romantisme » est de systématiser les choix, les principes et les obsessions qui seront ceux et celles de toute la future génération romantique. Chez Senancour, chez Mme de Staël, chez Benjamin Constant ou chez Chateaubriand, dans *Corinne* (1801) et *Delphine* (1802), dans *Oberman* (1804), dans *Adolphe* (1816) comme dans *René* (1802) s'affirment clairement pour la première fois toute la détermination et tous les déchirements du siècle qui s'ouvre, à travers un certain nombre de prises de conscience et la formulation de quelques exigences essentielles qui toutes ont la même origine et le même objet : le Moi.

La caractéristique première de chacun de ces écrivains et de chacune de leurs œuvres est bien en effet l'affirmation résolue et parfois enthousiaste de l'originalité fondamentale de l'individu que les rigueurs de la raison classique ou le dogmatisme des principes philosophiques avaient souvent négligée, oubliée, ou reléguée comme insignifiante. La production littéraire sous l'Empire — production qui est d'abord le fait d'opposants au régime et par conséquent contestataire d'un certain « ordre » — est avant tout romanesque et est passée à la postérité par ses titres comme une collection de prénoms. C'est qu'en effet ces romans se présentent comme libres récits ou libres confessions de l'expérience d'une individualité, d'un Moi qui se dit unique. Pétri d'abord de la pensée des Philosophes, séduit ensuite par les doctrines « illuministes », Senancour fait déjà tenir à son héros Oberman un langage nouveau où l'expérience originale de l'individu est posée comme seul fondement de toute pratique et de toute création :

« Je dois rester, quoi qu'il arrive, toujours le même et toujours moi ; tel que je me sens ; tel que je veux être ; tel que je suis dans cette vie intérieure, seul asile de mes tristes affections. Je m'interrogerai, je m'observerai, je sonderai ce cœur naturellement vrai et aimant, mais que tant de dégoûts peuvent avoir déjà rebuté (...) décidé à ne jamais réprimer en moi ce qui tiendrait à altérer ma forme originelle. »

Mais il est bien difficile de déterminer une pratique et de donner un sens à l'existence quand on est à soi-même un mystère et une énigme. Or, la seconde révélation paradoxale apportée par les textes des romanciers de l'Empire est qu'en ce début de XIXe siècle les exigences renouvelées du Moi sont contemporaines de la réapparition d'un trouble existentiel qu'une fois encore la transparence de l'âme raisonnable des classiques ou les certitudes brillantes des Lumières avaient masqué. Omniprésent dans tous ces récits, le Moi toujours se cherche et se déchire, en proie à ses doutes, à ses incertitudes ou à ses désirs. Rien d'étonnant par conséquent à ce que *Corinne*, *Oberman*, *René* ou *Adolphe* soient pour une large part des romans autobiographiques. En eux c'est une identité égarée qui cherche à se retrouver, à se comprendre et à s'exprimer. L'exemple de Chateaubriand est à cet égard le plus significatif : avant d'entreprendre la grande fresque des *Mémoires d'outre-tombe*, où il voudra, dit-il, « expliquer son inexplicable cœur » en donnant à lire les hésitations de son propre destin dans le récit des incertitudes de l'Histoire, il avait déjà tenté dans l'*Essai sur les révolutions* (1795), ouvrage de réflexion sur une histoire « dramatisée », et surtout dans *René*, d'élucider et d'exorciser cet étrange sentiment, délicieux et dangereux tout à la fois, que l'individu qui naît et réagit au monde « moderne » porte en lui, « le vague des passions » : « J'ai voulu peindre, écrit-il, cet état d'âme des facultés jeunes, actives, entières mais renfermées, qui ne sont exercées que sur elles-mêmes, sans but et sans objet. » Le propos et le projet n'étaient pas autres pour B. Constant quand il écrivait dans la Préface de son *Adolphe* : « J'ai voulu peindre cette fatigue, cette incertitude, cette absence de force, cette analyse perpétuelle qui place une pensée à côté de tous les sentiments, et qui par là les corrompt dès leur naissance. »

Ennui, insatisfaction, impuissance, complaisance narcissique, sentiment de frustration et d'incompréhension, autant de sentiments complexes dont l'analyse par l'écriture romanesque ne pouvait se faire sans douleurs et déchirements. Ce que Chateaubriand appelle « vague des passions » il le nomme aussi « mal du siècle », tout comme B. Constant appelle son incertitude et sa faiblesse « l'une des principales maladies morales du siècle ». C'est qu'en affirmant l'originalité de son être et de ses passions le Moi romantique prend le risque d'une rupture avec un monde et une société qui refusent, parce qu'elles les craignent, les valeurs de la singularité et les pouvoirs du cœur. Banni au nom des valeurs de la nouvelle « morale des intérêts », rejeté par les pouvoirs de l'ordre et de l'argent, le Moi ressent douloureusement cette rupture qui fait de lui un malade, voire un paria. Delphine et Corinne, les deux héroïnes de Mme de Staël, portent en elles toute l'ardeur des passions supérieures mais toutes deux se perdront et mourront pour avoir voulu passer outre aux préjugés du monde et aux contraintes de la société. Pareillement René, le chantre exalté des fiévreuses amours mais aussi des angoisses de toute une jeunesse égarée dans une Histoire perturbée, devient fatalement un exilé au milieu même des siens, dans un univers moral et social qu'il ne comprend plus et qu'il n'a plus qu'à quitter :

« Je me trouvais bientôt plus isolé dans ma patrie, que je ne l'avais été sur une terre étrangère. Je voulus me jeter pendant quelque temps dans un monde qui ne me disait plus rien et qui ne m'entendait pas. Traité partout d'esprit romanesque, honteux du rôle que je jouais, dégoûté de plus en plus des choses et des hommes, je pris le parti de me retirer dans un faubourg pour y vivre totalement ignoré. »

C'est dans cette exaltation du Moi qui mène aussi à l'exil du Moi et à une rêverie nécessaire sur un « ailleurs » idéal mais problématique, dans cet enthousiasme qui passe nécessairement par l'inquiétude et la douleur, dans cette volonté de singularité qui se heurte sans cesse aux réticences ou aux refus d'un monde qui n'accepte pas ce qui ne lui ressemble pas, que vont se fonder les grandes expériences et les grandes créations romantiques de la première moitié du XIXe siècle.

Chapitre II

LES CERCLES, LES THÈSES ET LE THÉATRE ROMANTIQUES

Contre la légende d'un romantisme débraillé et anarchique, il convient de souligner que, s'il n'y eut pas à proprement parler d'école romantique cohérente et structurée, il y eut du moins un ensemble de cercles, de noyaux de réflexion et d'activité où se débattirent les grandes thèses du mouvement, où se forgèrent les grands projets — en matière de théâtre notamment — et où s'initièrent, dans la confrontation et l'émulation, les grandes figures de la génération. C'est par un regard sur ces cercles et les idées qui y furent débattues qu'il faut commencer notre approche du phénomène romantique.

I. — Cercles et clubs

En dépit du fait qu'il exalte essentiellement les sentiments et les passions du Moi, le romantisme s'est d'abord manifesté comme un ensemble d'équipes, de cercles et de clubs où se rencontrèrent de brillantes mais parfois très différentes individualités. C'est surtout jusqu'en 1830 que ces sortes de salons littéraires jouèrent un rôle important. Leur histoire montre par ailleurs comment c'est en fonction de critères politiques, beaucoup plus que littéraires, qu'ils se sont constitués sous la Restauration, regroupant d'un côté les « conservateurs », de l'autre les « libéraux », avant qu'une union s'esquisse à partir de 1825. En ce sens il est vrai de dire qu'avant cette date il y eut des romantismes et non un romantisme unique et cohérent. C'est en 1820 que Victor Hugo et son frère avaient regroupé pour la première fois sous la bannière du *Conservateur littéraire* quelques écrivains que l'on devait retrouver un an plus tard dans la Société des Bonnes Lettres, puis en 1823 dans l'équipe plus nourrie d'un nouveau journal très actif, *La Muse française*. Il y avait là, réunis autour de Hugo dans une même méfiance envers les excès libéraux et dans une même dénonciation des excès du classicisme, Vigny, Marceline Desbordes-Valmore, Lebrun, Guiraud, Soumet. De leur côté les libéraux, avec à leur tête Delécluze et Stendhal, n'étaient pas restés inactifs. En 1824 ils se mobilisent autour de leur journal, *Le Globe*, dont les articles percutants signés Stendhal, Rémusat, Sainte-Beuve ou Mérimée, sont autant de réponses aux rédacteurs de *La Muse* et aux frivoles habitués du Salon de l'Arsenal où Hugo et C. Nodier ont regroupé en 1824 leurs derniers sympathisants : les poètes Lamartine, Nerval, Gautier ; les romanciers Dumas et Balzac ; les artistes David d'Angers et Delacroix.

En 1825 néanmoins, le glissement vers le libéralisme du « divin » Chateaubriand et du Maître Hugo va forcer le rapprochement entre les deux clans ; rapprochement facilité d'ailleurs par une haine commune contre les agressions grandissantes des « Anciens » de l'Académie et d'ailleurs, qui vont mobiliser contre eux toutes les énergies des « Modernes » romantiques. La création en 1827, sous la direction de Hugo, du fameux Cénacle est le signe de ce compromis enfin trouvé qui durera jusqu'en 1830, date de la dislocation du groupe. C'est dans le célèbre appartement de la rue Notre-Dame-des-Champs que furent discutées les grandes thèses du mouvement, que furent découverts, dans un grand élan de cosmopolitisme littéraire, Shakespeare, W. Scott, Byron, Kant, Gœthe ou Schiller, que s'est défini enfin l'« esprit » contestataire et novateur du romantisme. Deux dates marquent les sommets de ces trois années fiévreuses : 1827 avec la lecture par Hugo de la Préface de son drame *Cromwell* et 1830 avec la célèbre bataille d'*Hernani*. C'est en effet autour de la question théâtrale que se sont le plus clairement signifiés peut-être les fondements théoriques de la nouvelle littérature.

II. — Le drame romantique

Le théâtre classique, avec ses règles, ses exigences techniques et ses bienséances morales, représentait aux yeux des jeunes romantiques, de la manière la plus systématique qui soit, un certain visage de l'œuvre littéraire qu'il fallait abattre. Refusant la structure de la tragédie, aussi parfaite soit-elle, comme forme d'un autre âge, et s'inspirant des libertés du théâtre shakespearien (B. Constant, Lebrun, Vigny en donnèrent des « adaptations ») les auteurs de la nouvelle génération vont porter contre elle de virulentes attaques dont la plus extrémiste fut celle de Stendhal dans son *Racine et Shakespeare* qui ira jusqu'à prôner le recours à un théâtre en prose, plus conforme que le théâtre en vers au génie moderne. Mais la plus célèbre reste bien sûr celle que contient la volumineuse préface du *Cromwell* de Hugo dont trois concepts principaux définissent tout le sens de la dramaturgie contestataire : Totalité, Liberté et Transfiguration.

1. **Totalité.** — Contre les spectacles réducteurs ou les typologies sans nuances du théâtre classique, le drame romantique se veut peinture totale de la réalité des choses, des êtres et de l'histoire. De même que la « nature » nous apparaît à la fois bonne et mauvaise, grotesque et sublime, le *drame*, en tant que forme théâtrale synthétique, se doit d'exprimer cette double postulation. Il sera donc à la fois tragédie et comédie, pas seulement mélodrame de convention mais bien expression poétique (c'est-à-dire recréation esthétique maîtrisée) de l'Universelle Création :

« Le drame moderne, écrit Hugo, se mettra à faire comme la nature, à mêler dans ses créations, sans pourtant les confondre, l'ombre à la lumière, le grotesque au sublime, en d'autres termes le corps à l'âme, la bête à l'esprit. »

Sur le plan héroïque le Don César de *Ruy Blas*, grand d'Espagne mais bouffon encanaillé, ou le Lorenzo de Musset, misérable vicieux et sublime génie, seront les manifestations les plus réussies de cette volonté de « mélange des tons et des genres ».

2. **Liberté.** — Littérature totale, le drame se déclara aussi littérature de liberté. Ce qui signifiait avant tout un renoncement au système classique des unités qui se voulaient fondées sur la « vraisemblance ». Or, c'est au nom de cette même vraisemblance que Hugo s'en prit d'abord avec force et humour à la contrainte du lieu unique :

« Quoi de plus contraire à la vraisemblance ? Il résulte de là que tout ce qui est trop caractéristique, trop intime, trop local pour se passer dans l'antichambre ou dans le carrefour, c'est-à-dire tout le drame, se passe dans la coulisse ! Nous ne voyons en quelque sorte sur le théâtre que les coudes de l'action ; ses mains sont ailleurs. Au lieu de scènes, nous avons des récits ; au lieu de tableaux, des descriptions ! »

Même diatribe contre l'unité de temps : « Toute action a sa durée propre comme son lieu particulier. Verser la même dose de temps à tous les événements... On rirait d'un cordonnier qui voudrait mettre le même soulier à tous les pieds ! » Libérée des contraintes spatio-temporelles l'action elle-même ne pouvait alors que s'épanouir dans sa plénitude dramatique. Si l'on ajoute que Hugo prétendit renoncer aussi aux bienséances gestuelles pour faire rentrer sur scène les dagues et les épées, on mesure mieux le scandale que put effectivement susciter aux yeux des « Anciens » la représentation en 1830 d'une pièce aussi colorée et à l'intrigue aussi bariolée qu'*Hernani*. Soulignons cependant que le Hugo libérateur de la matière dramatique ne voulut pas ou n'osa pas une semblable libération du discours théâtral lui-même. S'il bannit la tirade insipide et traqua, comme dans sa poésie, l'alexandrin monotone, jamais il ne renonça au vers et à la rime. Si l'on excepte les fantaisistes productions de Mérimée dans son *Théâtre de Clara Gazul*, force est de constater que de tous les romantiques majeurs seul Musset, dans *Lorenzaccio*, sut écrire un grand drame en prose « libérée » comme le réclamait Stendhal.

3. **Transfiguration.** — Dernière exigence enfin. Le drame, aux yeux de Hugo, doit être l'épanouissement en une même création de la Nature et du Moi. Dans et par l'œuvre du dramaturge doit s'opérer une véritable transfiguration signifiante des choses. Puisqu'il n'y a plus « ni règles ni modèles » le principe de création sera donc celui du « choix » de l'écrivain qui ira puiser dans l'immensité de la Nature et de l'Histoire les détails et les faits qui, pétris par le style et

tous les pouvoirs de la poésie, la « révéleront » le mieux : « Les choses, écrit Hugo, sous le coup de la baguette magique du dramaturge, deviennent ce miroir où se réfléchit la nature entière. »

III. — Thèses et convictions romantiques

Ces trois grandes exigences concernant le théâtre se retrouvent en réalité de manière diffuse derrière toutes les prises de position des romantiques en matière de création littéraire. L'œuvre, telle qu'ils la pensent, sera toujours totale, libérée et libératrice, transfiguratrice enfin de l' « ici » et voyante de l' « ailleurs ».

L'exigence première de totalité explique peut-être le volume impressionnant de la création romantique en tous domaines. En refusant ou en transgressant les interdits et les limites que le classicisme avait imposés au domaine artistique, le créateur romantique se trouve d'abord confronté à l'immensité du champ des réalités sur lesquelles pourra s'exercer sa créativité. C'est ce que Hugo rappelait en 1822 à propos de l'espace poétique : « Le domaine de la poésie est illimité (...) la poésie, c'est tout ce qu'il y a d'intime dans tout. » En affranchissant l'inspiration de toutes contraintes religieuses, morales ou esthétiques, les romantiques ouvrent ainsi l'espace littéraire à ce qui jusque-là en était banni : les passions inavouables, les figures monstrueuses, les décors exotiques ou « introuvables », les révoltes indicibles. Mais par ailleurs, dans la mesure où tout, dans l'individu, dans la nature ou dans l'Histoire, s'offre au créateur (« Tout est sujet, tout relève de l'art ; tout a droit de cité en poésie... », écrit encore Hugo dans sa Préface des *Orientales*), c'est une véritable exigence de parole qui pèse sur lui. Il lui faudrait tout dire, tout écrire. On verra par la suite que le goût des romantiques pour l'épopée (aussi bien sous sa forme versifiée que dans ses transpositions romanesques) s'explique sans doute par le poids de cette exigence à la recherche d'un genre et d'un ton qui lui permettraient de s'accomplir pleinement.

A défaut de pouvoir tout dire, le créateur romantique s'efforcera de dire en toute liberté ce que lui dicteront les choix de sa subjectivité. Chez lui jamais les contraintes de la forme ne devront s'imposer à la générosité des « pulsions » de l'inspiration ; au contraire, le travail formel ne sera que cette recherche d'une coïncidence heureuse entre l'authenticité d'une émotion et l'originalité d'un discours.

Mais écrire en toute liberté cela signifie aussi écrire pour la liberté :

« La liberté dans l'art, la liberté dans la société, voilà, écrit Hugo, le double but auquel doivent tendre d'un même pas tous les esprits conséquents et logiques. (...) La liberté littéraire est fille de la liberté politique. »

Contre l'image des romantiques individualistes et égoïstes il faut rappeler ici combien au contraire ils, à de rares exceptions près comme Musset, avaient la conviction que la liberté qu'ils pouvaient conquérir dans leurs œuvres devait servir à une autre libération, à celle de ceux qui ne savent ou ne peuvent pas parler, de ceux, disait Mme de Staël dès 1800, « à qui l'expression manque et qui ne sont pas exercés à la trouver ». Cette générosité « missionnaire » peut faire sourire. Elle montre en tout cas clairement que le combat romantique contre la tyrannie des règles n'avait pas pour seul but l'affranchissement de la personnalité individuelle mais se donnait comme condition préalable d'une autre libération et d'un autre renversement de tyrannie, de loin plus essentiels.

Totale, libérée et libératrice, l'œuvre romantique se veut enfin transfiguratrice et visionnaire. Le recours à l'exotisme et au pittoresque était le signe d'un nouveau regard porté sur les réalités du monde. Mais cette œuvre romantique n'est pas simple regard, aussi nouveau et audacieux soit-il, elle est aussi vision ; elle ne propose pas simplement un spectacle ou une peinture, elle est aussi l'instrument d'une « voyance ». Au sens strict du terme nous constaterons souvent cette « voyance » chez des poètes qui, comme le Lamartine de *Novissima Verba*, le Hugo de *La Bouche d'Ombre* ou le Nerval des *Chimères*, pressentiront avant Baudelaire et ses successeurs les mystères de l'Ailleurs et de l'Au-delà. Mais plus généralement tous les romantiques ont eu une intuition des pouvoirs magiques de l'œuvre et de son langage symbolique capable d'assouvir ce « grand désir de choses inconnues » dont parlait Sainte-Beuve. Tous ont bien senti que dans leur pratique de l'écriture (historique, théâtrale, poétique ou romanesque) ce n'était pas seulement une réalité qu'ils exprimaient mais que dans l'intimité même de leur parole c'était l'existence de grandes forces (divines, mythiques, cosmiques, historiques) qu'ils pouvaient « donner à voir ». Missionnaire, le créateur romantique tient aussi du prophète dont la parole signifie toujours plus que ce qu'elle semble dire. Cette parole, nourrie de la solitude intérieure d'une conscience mais perpétuellement disponible à toutes les voix de l'Histoire et du monde, et ce discours, résolument original mais également porteur d'un message de nature « essentielle », irriguent toute la grande littérature romantique que nous allons parcourir.

CHAPITRE III

LA GÉNÉRATION DES POÈTES ROMANTIQUES 1820-1850

La génération romantique des années 1820-1850 est avant tout celle des poètes romantiques. Il n'est pas de poésie sans un peu de romantisme et il n'y eut pas de romantique qui ne fut aussi poète. D'une certaine manière la poésie fut bien l'âme du romantisme tant toute prise de conscience littéraire chez les écrivains de la Restauration et de Juillet fut d'abord une prise de conscience poétique qui s'enracinait dans la conviction que là, dans la poésie mieux que dans tout autre genre, se trouvait la terre d'élection pour une renaissance de l'expression littéraire.

Comme toute expérience romantique la poésie de cette génération naîtra, en partie du moins, d'une réaction contre les insuffisances du classicisme qu'on accusera d'avoir sacrifié les libertés de l'art aux contraintes de la technique ; comme toute entreprise romantique française elle ne manquera pas non plus de modèles, anglo-saxons surtout, avec Schiller, Novalis, Hœlderlin ou Young, Ossian, Burns et même Byron et Keats. Pourtant, malgré ces références aux modèles du passé qu'elle refuse ou aux initiateurs nouveaux qu'elle adule, c'est elle qui donnera l'image la plus authentique de cette profondeur originale et originelle de l'Etre que le Verbe doit faire parler et c'est elle qui sera la plus fidèle traductrice de cette « intimité » que nous avons évoquée.

Paradoxalement d'ailleurs l'originalité de son propos ne s'accompagne pas d'une révolution dans les formes. Bien souvent les audaces formelles de ses adeptes seront seulement à la mesure de ce que Hugo nommait la « dislocation de ce grand niais d'alexandrin ». Les mètres, les strophes, les schémas de rimes de la poésie romantique seront, à de rares exceptions près, ceux de la tradition. Aussi bien est-ce surtout dans le maniement des images, véritables fibres du tissu poétique, que les plus grandes nouveautés apparaîtront. L'image, par sa puissance concrète, son pouvoir de suggestion et ses effets dynamiques dans la structure du discours, apparaîtra très vite aux Lamartine, Hugo ou Nerval comme l'instrument idéal d'une poétique qui veut créer entre l'écrivain et son lecteur l'itinéraire d'une émotion partagée.

Même absence de bouleversement dans la conception romantique des genres poétiques. Sonnets élégiaques, épîtres intimes ou satiriques, épopées historiques ou philosophiques, autant de genres traditionnels que nous retrouvons chez les poètes de cette génération. Mais le genre lyrique tint chez eux bien sûr un rôle prépondérant que Mme de Staël avait déjà pressenti dans une page de son *De la littérature*, où elle montrait sa parfaite coïncidence avec les nécessités de l'épanchement subjectif et les convictions du moment :

« La poésie lyrique s'exprime au nom de l'auteur même ; ce n'est plus dans un personnage qu'il se transporte, c'est en lui-même qu'il trouve les divers mouvements dont il est animé. (...) Il faut, pour concevoir la vraie grandeur de la poésie lyrique, errer par la rêverie dans les régions éthérées, oublier le bruit de la terre en écoutant l'harmonie céleste, et considérer l'univers entier comme un symbole des émotions de l'âme. »

C'est dans cette pratique intime et « rêveuse » du langage, qui n'exclut ni l'esprit « missionnaire », ni la prophétie et la voyance, qu'il nous faut rencontrer maintenant les principales figures poétiques de l'époque.

I. — Lamartine (1790-1869)

A défaut d'ouvrir l'ère du romantisme tout entier, la date du 13 mars 1820, qui voit la publication des *Méditations poétiques* de Lamartine, ouvre à coup sûr l'ère de la grande poésie romantique. Lamartine lui-même ne se trompait pas sur son rôle d'initiateur inspiré : « Je suis le premier, écrivait-il, qui ai fait descendre la poésie du Parnasse et qui ai donné à ce qu'on nommait la Muse (...) les fibres mêmes du cœur de l'homme. » Pareilles déclarations lui vaudront de passer aux yeux de la postérité pour le poète du simple lyrisme et de la pure élégie. Quelle injustice pour celui qui fut aussi historien et politicien et dont la séduisante poésie intime ne saurait masquer l'ample réflexion mystique et sociale !

Bien sûr les recueils des *Méditations* ou des *Nouvelles Méditations* (1823), tissés de la douleur d'une passion brisée par la maladie et la mort, portent tous les signes de ce lyrisme personnel auquel la postérité allait trop souvent assimiler le romantisme tout entier. Accablé par la fuite inexorable du temps qui lui arrache Elvire, son amante, le poète confie à la Nature éternelle les restes de son Moi meurtri par les incertitudes du Destin :

> « J'ai trop vu, trop senti, trop aimé dans ma vie ;
> Je viens chercher vivant le calme du Léthé.
> Beaux lieux, soyez pour moi ces bords où l'on oublie.
> L'oubli seul désormais est ma félicité. »
>
> *(Le Vallon.)*

Grande consolatrice, la nature réinvestit ainsi pleinement chez Lamartine l'espace poétique construit par celui qui ne cesse d'y guetter les traces d'une puissance supérieure déjà sensible au « cœur » :

« Dieu, pour le concevoir, a fait l'intelligence :
Sous la nature enfin découvre son auteur !
Une voix à l'esprit parle dans son silence :
Qui n'a pas entendu cette voix dans son cœur ? »

(Le Vallon.)

Les 48 poèmes des *Harmonies poétiques et religieuses* (1830), autant de « degrés pour monter vers Dieu », approfondissent cette quête mystique de l'âme qui s'impose comme soulagement à toutes les inquiétudes et à tous les désespoirs de la conscience. La question de la foi et de la métaphysique lamartiniennes n'est pourtant pas simple. Il y a chez cet homme, dont la philosophie et les mœurs respirent encore le XVIIIe siècle, un sentiment religieux qui tient moins du christianisme rigoureux que des aspirations déistes des Lumières. Signifiée et magnifiée partout dans la création, la présence de l'Etre se révèle mais ne se laisse pas connaître ; infinie, elle s'impose mais échappe toujours à la finitude de la méditation humaine *(Le Chêne)*. Religion ne signifie pourtant pas pour le poète utopie. S'il s'épuise à concevoir le Divin (« Je meurs de ne pouvoir nommer ce que j'adore », écrit-il dans *Novissima Verba*), Lamartine garde cette conviction que la divinité, qui est avant tout Providence, est guide premier de l'humanité et que la religion par conséquent est nécessaire au peuple. La vaste entreprise épique de *Jocelyn* (1836), où l'on a pu voir, dans un esprit lamennaisien, l'esquisse d'un « christianisme social », est témoin de cette conviction. L'itinéraire à la fois sentimental et spirituel des deux héros, Jocelyn et Laurence, y est donné à lire comme symbolique de l'épopée de l'humanité tout entière, qui ne peut accéder à la plénitude du divin qu'au travers des sacrifices de la vertu, des expiations de la souffrance et plus sûrement et plus « naturellement » encore des efforts du Travail, « sainte loi du monde » (cf. l'épisode des *Laboureurs*).

La lecture de *Jocelyn* révèle en fait combien chez Lamartine l'écriture du poète est indissociable de la réflexion du penseur et de l'engagement de l'homme politique. Son article sur les *Destinées de la poésie* (1834) le clamait déjà : « La poésie ne sera plus lyrique dans le sens où nous prenons ce mot. (...) Elle sera philosophique, religieuse, politique, sociale. (...) Elle va se faire peuple, et devenir populaire comme la religion, la raison et le philosophie. » *L'Epître à Guillemardet* (1837) engagera plus avant encore le poète, l'invitant à cesser d'être le chantre des troubles de son cœur pour se faire interprète de tous les « silencieux ». Ne nous étonnons donc pas de voir cet authentique légitimiste devenu libéral, ce défenseur acharné de l'ordre, convaincu pourtant de démocratie et de justice sociale, s'essayer à des genres et à des sujets « engagés » où s'affirment toute sa confiance dans le progrès irréversible des peuples et sa détermination pour la conduite de cette marche en avant. Il faut lire en ce sens l'*Ode sur les révolutions* (1831) ou *La Marseillaise de la Paix* (1841) pour bien comprendre son *Histoire des Girondins* (1847).

L'Histoire et le peuple, hélas, ne répondirent guère à son attente. Désabusé, condamné à une fin d'existence médiocre, Lamartine retrouva pourtant dans un de ses tout derniers poèmes, *La Vigne et la Maison* (1857), le souffle lyrique et l'émotion authentique de ses premières années de poésie. Il est vrai que l'inspiration religieuse, politique ou sociale ne les avait jamais étouffés. C'est sans doute dans ce grand chant commémoratif, dans cette intense et dramatique mise en scène des méditations et des contemplations du vieil homme, que s'épanouissent le mieux toutes les délicatesses de son émotion et toutes les élégances de sa technique. Léger et mélodieux, discret et limpide, subtilement scandé, étonnamment précis et pittoresque, le dialogue essentiel de l'Ame et du Moi s'écoule avec une permanente et déconcertante facilité :

« Moi qui par des concerts saluai ta naissance,
Moi qui te réveillai neuve à cette existence
Avec des chants de fête et des chants d'espérance,
Moi qui fis de ton cœur chanter chaque soupir,
Veux-tu que, remontant ma harpe qui sommeille,
Comme un David assis près d'un Saül qui veille,
Je chante encor pour t'assoupir ? »

La postérité se souviendra surtout, pour l'aimer ou la décrier, de cette poésie des soupirs qui n'était pourtant pas sans souffle. Mais il est bien vrai que Lamartine lui-même, dès 1849, en préfaçant la nouvelle édition de ses *Méditations*, avait contribué à forger ce mythe d'une poésie qui ne serait rien d'autre que le bavardage solitaire d'un cœur :

« Je n'imitais plus personne, je m'exprimais moi-même pour moi-même. Ce n'était plus un art, c'était un soulagement de mon propre cœur qui se berçait de ses propres sanglots. (...) Ces vers étaient un gémissement ou un cri de l'âme. Je cadençais ce cri ou ce gémissement. »

II. — Musset (1810-1857)

Enfant terrible du romantisme, dandy frivole et déconcertant, Alfred de Musset est loin d'avoir eu le sérieux et la persévérance poétiques de Lamartine. Son œuvre en vers, avec ses facilités et ses outrances, se trouve ainsi souvent reléguée derrière ses productions de romancier subtil *(La Confession d'un enfant du siècle)* et de dramaturge délicat ou puissant *(Les Caprices de Marianne, Lorenzaccio)*. C'est pourtant dans cette poésie débridée et « impudique » que s'est sans doute le mieux signifié le drame de l'individu romantique.

Génie précoce, Musset n'a pas dix-huit ans quand il est présenté à Hugo au Cénacle de la rue Notre-Dame-des-Champs qu'il égaye de tout le brio de sa personne et de tout le pittoresque de ses premiers vers qui respirent, comme ceux du Maître, l'exotisme oriental ou italien (*Contes d'Espagne et d'Italie*, 1830). Mais l'excentricité du jeune homme s'accommode vite assez mal de l'atmosphère du Cénacle : c'est qu'il y a sous les pirouettes et les facéties de la plume et de l'esprit du poète une inquiétude fondamentale qui ne saurait s'épancher que dans la solitude. En 1831, Musset prend prétexte de plusieurs différends théoriques et idéologiques (il refuse la poésie sociale ou politique et prétend renouer avec un certain classicisme littéraire) pour rompre avec ses anciens amis. En réalité il a depuis toujours la conviction que l'acte poétique ne saurait se fonder en rien d'autre que dans les fibres et les pulsions du cœur :

« Ce qu'il faut à l'artiste ou au poète, écrit-il à son frère cette année-là, c'est l'émotion. Quand j'éprouve, en faisant un vers, un certain battement du cœur que je connais, je suis sûr que mon vers est de la meilleure qualité que je puisse pondre. »

Or les fibres du cœur de Musset ne manquent ni de pulsions ni de déchirements : élans fiévreux vers la Vertu qu'il semble impossible de concilier avec les exigences de la vie, désir ardent du Bien sans cesse contrarié par les réalités du Mal, tel est le drame du récit désespéré et impitoyablement lucide de *Rolla* (1833) auquel fera écho le chant plus calme et plus pur de *Lucie* (1835) où la sérénité de l'âme se laisse pressentir dans un certain apaisement du langage poétique lui-même. Mais la malheureuse liaison avec Georges Sand (1833-1835) allait réveiller le drame intime en installant pour longtemps au cœur du poète sa « grande douleur ». C'est de cette souffrance encore ravivée par d'autres échecs sentimentaux que se nourrit l'une des plus belles œuvres romantiques dans l'ordre du pur lyrisme : *Les Nuits*, véritable chronique passionnelle du printemps 1835 à l'automne 1837. A l'imitation de Young, Musset livre en quatre poèmes (*Nuits de Mai*, *de Décembre*, *d'Août* et *d'Octobre*) le long récit des intermittences vibrantes de son cœur, et lègue à la postérité un témoignage remarquable sur les rapports privilégiés qui unissent la poésie romantique et les effusions douloureuses de la passion. Sans souci apparent de pudeur et de maîtrise, l'écriture lyrique devient proprement sanglot et, plus encore que chez Lamartine (à qui Musset dédiait en 1836 une très admirative *Lettre à Lamartine*), la vie se fait ici réellement et sincèrement mots et vers dans toute son intensité dramatique :

> « Pourquoi mon cœur bat-il si vite ?
> Qu'ai-je donc en moi qui s'agite
> Dont je me sens épouvanté ? (...)
> Dieu puissant ! tout mon corps frissonne.
> Qui vient ? Qui m'appelle ? — Personne.
> Je suis seul ; c'est l'heure qui sonne ;
> O solitude ! O pauvreté ! »
>
> (*Nuit de Mai.*)

Reste évidemment que cette libération entière de l'émotion dans le langage conduit trop souvent Musset à la déclamation verbeuse et fastidieuse. Ce qui n'était que facilité heureuse chez Lamartine devient parfois chez lui insouciance de l'art et complaisance dans une verve intarissable. Il n'y aura, malgré l'espoir d'une « renaissance » dans la *Nuit d'Octobre*», ni résurrection morale ni restauration poétique chez Musset. Poète précoce il quittera précocement un monde qui n'était plus fait pour lui. Ceux qui aiment en lui cette inconsistance essentielle dont sa vie comme sa poésie portent l'empreinte, préféreront sans doute garder le souvenir du charmant poème sur *Une soirée perdue* au Théâtre-Français ou de la discrète évocation de sa *Tristesse* (1840) qui n'est pas sans annoncer par le ton le Nerval d'*Epitaphe* ou le Verlaine de certains poèmes de *Sagesse* :

« J'ai perdu ma force et ma vie
Et mes amis et ma gaieté ;
J'ai perdu jusqu'à la fierté
Qui faisait croire à mon génie. (...)
— Le seul bien qui me reste au monde
Est d'avoir quelquefois pleuré. »

III. — Vigny (1797-1863)

Face à l'originalité capricieuse de Musset, la vie et la carrière littéraire d'Alfred de Vigny apparaissent comme l'une des démarches les plus riches et les plus cohérentes du romantisme. Plus qu'aucun de ses contemporains il fut l'homme des doutes et des déceptions : écolier jalousé et méprisé, soldat désespéré, penseur et homme politique bafoué dans ses rêves et ses idées, homme de lettres contesté ou mal aimé, amant trompé puis délaissé, Vigny allait tout naturellement traduire dans son œuvre poétique les aléas d'une existence aussi décourageante. Celui qui fut romancier (*Stello*, 1832 ; *Servitude et grandeur militaires*, 1835) et dramaturge (*Chatterton*, 1835) fut avant tout un poète de la force et de la rigueur dont l'œuvre apparaît comme un effort constant pour surmonter, grâce à l'esprit et à la conscience du « philosophe », les déceptions du cœur de l'homme.

Certes, même le Vigny poète — tel que le

révèlent les textes de son premier recueil paru en 1826, *Les Poèmes antiques et modernes* — apparaît comme un sceptique, voire un pessimiste. Son *Eloa* crie les désespoirs d'un être livré aux supplices de la tentation, son *Moïse* révèle tout le drame d'un homme face au Dieu qu'il ne comprend plus. Mais aussi désespérés que soient ces textes, ils ont déjà par nature le pouvoir d'intégrer l'individu désemparé dans les dimensions réconfortantes et salvatrices de la légende ou de l'Histoire. « Ce grand nom, déclare Vigny à propos de son Moïse, ne sert que de masque à un homme de tous les siècles et plus moderne qu'antique : l'homme de génie : « Intégrant tous les désenchantements et toutes les rancœurs intimes en des compositions qu'il qualifie lui-même d' « épiques », l'écrivain les surmonte par la densité et la rigueur du discours poétique.

C'est ainsi qu'après la terrible année 1837 (où il perd sa mère, rompt avec ses anciens amis du Cénacle et voit s'éloigner sa maîtresse, la volage Marie Dorval), il entreprend la rédaction d'une série de grands textes que son ami Louis Ratisbonne rassemblera et publiera un an après sa mort en un unique recueil intitulé *Les Destinées*. Dans leur continuité, ces textes — dont certains comptent au nombre des plus pessimistes qu'ait jamais écrits Vigny : *La Sauvage*, *La Colère de Samson*, *La Mort du loup*, *Le Mont des Oliviers* — offrent des méditations recueillies de *La Maison du berger* aux cris d'espérance de *La Bouteille à la mer* ou de *L'Esprit pur*, l'itinéraire difficile mais confiant d'un salut.

Plus encore que dans leur succession c'est dans leur architecture propre que chacun de ces grands poèmes laisse entrevoir ce qu'il convient de nommer une certaine « maturité » romantique. Prenant ses distances vis-à-vis de son expérience intérieure, refusant que toutes les douleurs du cœur s'épanchent impudiquement dans la fluidité du langage, Vigny s'arrache à son drame en s'efforçant de maîtriser toutes les fibres de son discours. L'instrument premier de cette maîtrise qu'il s'impose est celui de la transposition symbolique qui, sans nuire en rien à la richesse et à la qualité de l'émotion, la structure et l'exorcise tout à la fois. En ce sens, et en dépit d'une lourdeur et d'un prosaïsme intermittents, l'entreprise de Vigny est des plus intéressantes. Elle inaugure avant Baudelaire et les symbolistes la conception nouvelle d'une poétique dont le maître mot est celui de « travail » : travail du poète-orfèvre et styliste mais travail aussi du langage-forme et joyau, véritable creuset magique où peut s'accomplir la cristallisation heureuse de l'Idée et du Sentiment, aussi complexes ou tourmentés soient-ils :

> « Poésie, ô trésor, perle de la pensée ! (...)
> Comment se garderaient les profondes pensées
> Sans rassembler leurs feux dans ton diamant pur,
> Qui conserve si bien leurs splendeurs condensées. (...)
> Diamant sans rival, que tes feux illuminent
> Les pas lents et tardifs de l'humaine Raison ! »
>
> *(La Maison du Berger.)*

IV. — Hugo (1802-1885)

Avec l'énorme personnalité de Victor Hugo, prince des poètes et chef de file incontesté du mouvement, ce n'est plus tel ou tel aspect du romantisme que nous découvrons mais le romantisme lui-même, incarné dans la trame d'un destin et la fougue d'une écriture. Hugo c'est d'abord quatre vingt-trois ans d'une vie étonnante qui embrasse tout le siècle : roturier mais fils de général d'empire, légitimiste puis libéral, académicien et pair de France, député de Paris et exilé politique, il a tout vu, tout vécu dans ce siècle. Mais Hugo c'est aussi des milliers de vers et soixante ans d'une création poétique qui épuise tous les tons et tous les registres de la poésie : lyrique dans *Les Rayons et les Ombres*, satirique dans *Les Châtiments*, élégiaque dans *Les Contemplations*, épique dans *La Légende des siècles*, philosophique dans *Dieu* ou dans *La fin de Satan*.

Dès les années 1820-1830 qui sont celles de son apprentissage au sein de l'équipe du *Conservateur littéraire* puis du Cénacle, le jeune Hugo en publiant successivement les *Odes* en 1822, les *Ballades* en 1826 et les *Orientales* en 1829 avait donné la mesure de sa verve poétique. Intarissable et haute en couleurs elle s'était déjà bien imprégnée de tout ce pittoresque médiéval et oriental dont le romantisme allait s'éprendre.

Les recueils de la décennie suivante font découvrir chez lui un lyrisme plus sage, plus profond peut-être. *Les Feuilles d'automne* (1831), poèmes tendres et sobres, révèlent un poète sensible aux charmes de la nature comme à ceux de la mémoire. *Les Chants du crépuscule* (1835) et *Les Voix intérieures* (1837), marqués par les premières déceptions sentimentales (c'est en 1833 qu'il a rencontré sa « muse », Juliette Drouet) et les premières désillusions politiques sont de la même veine intimiste et discrètement inquiète. Si cette inspiration se prolonge incontestablement dans le dernier et le plus intéressant recueil de cette période, *Les Rayons et les Ombres* (1845), elle s'y transfigure également. Cessant de voir en la nature une simple compagne de son cœur, le poète commence (dans *Océano Nox* notamment) à y pressentir les « voix » de puissances et de forces troublantes et inconnues. Cessant aussi d'être le simple traducteur du langage de son cœur ou de cette nature, le poète devine l'exigence qui va désormais s'imposer à lui comme elle s'était imposée à Lamartine : parler, comme un prophète, pour ses frères muets ; marcher, comme un guide, à la tête du peuple des hommes. La poésie cesse alors pour lui d'être un état et devient une mission :

« Il est l'homme des utopies,
Les pieds ici, les yeux ailleurs. »

La crise de 1843 (la mort affreuse de sa fille Léopoldine et l'échec de sa pièce *Les Burgraves*) allait pourtant conduire Hugo à un silence poétique de plus de dix ans. Silence qui ne veut pas dire résignation puisqu'il est au contraire le signe d'un engagement durable dans les voies de la politique, d'abord aux côtés de la duchesse d'Orléans, dans les rangs ensuite du prince Louis-Napoléon, dans l'opposition enfin à celui qui, dès le 2 décembre 1851, ne sera plus à ses yeux que « Napoléon le Petit ». C'est dans cette cruelle désillusion politique causée par le coup d'Etat impérial et dans l'exil en Belgique et à Jersey qui s'ensuit que le poète va se trouver porté de nouveau aux rivages de la poésie par le souffle d'une colère et d'une indignation qui fait toute l'unité d'un grand recueil satirique de 6 000 vers : *Les Châtiments* (1853). Fougueux, brillant, Hugo, en dépassant souvent le simple objet historique de sa satire politique, évoque pour la première fois dans son œuvre l'itinéraire salvateur de l'humanité sous la bannière lumineuse de la poésie *(Stella)* : de la Nuit à la Lumière, du Crime à la Liberté.

Installé par la suite à Guernesey, Hugo devait montrer, en publiant en 1856 le recueil des *Contemplations* (fait de textes épars écrits pour certains depuis plus de vingt ans), que la violence du souffle satirique n'avait pas éteint en lui l'inspiration lyrique. Articulé autour de l'horrible drame de 1843, le recueil oppose les souvenirs mélancoliques et heureux d'*Autrefois* aux réalités cruelles mais pourtant jamais désespérantes d'*Aujourd'hui*. Sur ces rivages désolés de Guernesey, face à l'immensité marine, Hugo (initié par ailleurs à certains mystères de l'occultisme) s'est en effet forgé une métaphysique qui le comble : celle de *La Bouche d'ombre*, de la plénitude vibrante et rassurante de l'Etre :

« ... Vents, ondes, flammes,
Arbres, roseaux, rochers, tout vit ! Tout est plein d'âmes. »

Prophète et guide exilé, le poète retrouve alors une mission : recréer l'Etre dans la magie du Verbe, le suggérer dans la plénitude miraculeuse des mots, car « le mot, déclare-t-il, c'est le Verbe et le Verbe c'est Dieu ».

Satiriques, *Les Châtiments* étaient aussi une épopée politique; lyriques, *Les Contemplations* ont également parfois l'ardeur de « l'épopée d'une âme ». Mais c'est au projet d'une épopée véritable, en réalité d'un triptyque épique, que Hugo va consacrer ses dernières grandes années de création en publiant *La Légende des siècles* (écrite de 1859 à 1883) et en rédigeant de larges fragments de *Dieu* et de *La Fin de Satan*. C'est bien sûr dans l'ambitieux projet de *La Légende*, où il a « voulu, dit-il, (...) faire apparaître cette grande figure une et multiple, lugubre et rayonnante, fatale et sacrée, l'Homme », que se découvre le mieux le génie foisonnant et « baroque » de Hugo. Dans ce dédale multicolore de petites épopées, dans ce syncrétisme brillant d'inspirations multiples, dans cette synthèse fascinante des mythes et de l'Histoire, dans ces chemins et ces itinéraires qui conduisent toujours du Désordre et du Mal à la Réconciliation et à la Béatitude, Hugo a mieux que partout ailleurs fait la preuve de l'« efficacité » de sa poésie. Libre, totale, visionnaire, imprégnée d'une immense confiance dans l'Amour et le Progrès, partout « commencée en nuit », comme l'écrivait son auteur, toujours elle « finissait en lueur ».

On ne peut comparer à ce monument épique les toutes dernières productions du vieillard, *Les Chansons des rues et des bois* (1865), *L'Année terrible* (1872), *L'Art d'être grand-père* (1877) ou encore *Le Pape* (1878). Mais toutes témoignent, par leur qualité et leur variété thématique et formelle, de l'inépuisable énergie poétique de celui que seule la mort, en 1885, devait condamner au silence.

La qualité de cette massive et imposante poésie hugolienne est due à la fois à l'extrême richesse d'imagination et à la virtuosité technique étonnante de son créateur. La puissance de l'imagination hugolienne se lit dans la profondeur et la subtilité des « regards » que le poète sait porter sur les choses et les êtres : regard minutieux du peintre ou du portraitiste qui saisit toutes les nuances d'une gamme, toutes les finesses d'un jeu de lignes ; regard majestueux du prophète et du visionnaire qui sait, dans l'épopée, pénétrer les abîmes du temps et de l'espace ; regard émerveillé ou effaré du contemplatif et du mystique qui sait voir et dire l'invisible et l'innommable tapi derrière la Bouche d'Ombre.

Chaque spectacle, chaque vision semble trouver spontanément chez lui sa forme idéale d'expression. A travers les images tout d'abord. Nul avant lui n'avait autant utilisé toutes les ressources de l'imaginaire et de l'imagerie poétiques : comparaisons somptueuses, oxymores déconcertants, métaphores surtout, dont il tira tant d'effets saisissants. Grâce aux mots ensuite qu'il aimait manipuler au point d'en créer lui-même quand la langue courante faisait défaut ; ces mots qui n'étaient précisément chez lui que la chair vivante de ses sentiments et de ses sensations :

« Sombres peuples, les mots vont et viennent en nous ;
Les mots sont les passants mystérieux de l'âme. »

Dans tous les mètres enfin et toutes les formes poétiques aussi traditionnels que l'alexandrin ou le sonnet, aussi baroques et pittoresques que ses odes ou ses pantoums. Son génie inventif osa tout remodeler à défaut de tout créer, brisant les rythmes, déplaçant les césures, « dépaysant » les vers, multipliant rejets en enjambements. S'il a manié ainsi toutes les images, usé de tous les mètres et aimé tous les vers, c'est bien, comme l'écrivit si justement Mallarmé, qu' « il fut le Vers personnellement ».

V. — Nerval (1808-1855)

Si la figure de Gérard de Nerval, de son vrai nom Gérard Labrunie, émerge si nettement de la constellation foisonnante des petits maîtres du romantisme, aussi intéressants soient-ils comme Marceline Desbordes-Valmore, Maurice de Guérin ou le Sainte-Beuve poète, c'est qu'il y a chez cet admirateur fervent du Maître du Cénacle, chez ce personnage venu tout droit de la bohème littéraire (dont nous parlent ses *Petits Châteaux de Bohême* de 1853) autre chose qu'un romantique comme les autres. Le jeune homme Nerval, qui comme ses amis s'est intéressé à la littérature étrangère (il reste l'un des très bons traducteurs de Gœthe et de Hoffmann), qui comme ses amis encore a rêvé de mener l'idylle impérissable du poète et d'une muse (incarnée en l'occurrence sous les traits d'une actrice rencontrée en 1826, Jenny Colon), fut pourtant le poète précurseur d'un autre âge. Les drames de l'infidélité et de la mort, les rêveries nées du voyage (il parcourt l'Orient en 1843) et les rêves enracinés dans une folie qui le guette depuis 1840 et le mênera au suicide en 1855 vont s'exprimer chez lui dans une poésie et une prose poétique originales et novatrices dont les réalisations diverses sont autant de témoignages éblouissants et lucides sur son terrible drame intérieur : les récits de *Sylvie* (1853) et d'*Aurélia* (1855), les nouvelles des *Filles du feu* (1854) et les douze sonnets des *Chimères* (1854).

Déchiré en son cœur, troublé en son esprit, perpétuellement hésitant sur le sens de sa vie, continuellement à la recherche d'une identité qui le fuit, c'est au langage que Nerval confie le soin de réunir tout ce que la passion et la folie ont brisé en lui. La cadence de ses phrases et de ses vers, l'euphonie et l'harmonie de ses mots lui sont les premiers moyens pour rassembler dans le tissu ordonné de la langue les voix confuses et mêlées de la réalité et de l'imaginaire. C'est bien par le pouvoir des mots, dont il use comme d'un exorcisme, que lui est donnée la clé de ces espaces où le Moi se perd et se retrouve tout à la fois, mais qu'il lui faut explorer pour se réconcilier avec lui-même et avec le monde : la mémoire et le rêve. Ainsi sont-ce les mots qui tracent le chemin de la mémoire et des souvenirs dans *Sylvie*, les mots encore qui tracent celui du rêve et des fantasmes dans *Aurélia*.

Jamais pourtant Nerval ne s'abondonne totalement au langage de la réminiscence ou de l'imaginaire. Le vrai salut, il le sait, est dans la direction du rêve et dans l'élucidation des souvenirs, dans la maîtrise de leur discours plus que dans leur simple récit. Aussi, plus encore que Vigny, travaille-t-il à l'instauration d'une distance entre la spontanéité de l'inspiration et les élans de l'écriture. Elle ne sera pas seulement chez lui transposition symbolique mais bien véritable cristallisation mythique, condensation du drame intime dans les figures mystérieuses de la légende et de l'Histoire. C'est en se situant et en se disant dans le discours intemporel et l'espace idéal des mythes (que par goût et par études il connaît bien) que le poète prétend élucider l'énigme de son propre destin. Rien d'étonnant à le voir ainsi réinventer sans cesse sous sa plume, dans *Les Chimères* notamment, les grandes figures de la rédemption salvatrice : Isis, Horus, Orphée, le Christ.

On voit comment, par cette poétique de « recréation » authentique, de reconstruction essentielle, et pas seulement de simple expression, Nerval est déjà plus proche des univers mystérieux ou magiques de Baudelaire et de Rimbaud que de ceux, plus « tranquilles » malgré leurs drames, de Lamartine ou de Musset. On comprend aussi pourquoi Breton et les surréalistes admireront et aimeront celui qui bien avant eux avait pressenti tout ce que la poésie pouvait devoir à « une rêverie supernaturaliste », tout ce qu'elle pouvait emprunter aux « vases communicants » du songe et de la réalité.

Chapitre IV

HISTORIENS ET CRITIQUES ROMANTIQUES

En constituant définitivement l'histoire comme science, le romantisme lui a bien rendu tout ce qu'elle lui avait apporté en matière de sujets et de pittoresque. Le goût pour l'histoire, si fort chez les gens des XVIIe et XVIIIe siècles, s'était d'ailleurs prolongé chez les premiers romantiques : Chateaubriand avait ainsi écrit un très original *Essai sur les révolutions* et Lamartine, avec son *Histoire des Girondins*, devait montrer que les préoccupations de l'historien n'étaient pas incompatibles avec les soucis du poète. Mais le goût de l'époque ne suffit pas à rendre compte de ce qui va devenir à partir de 1830 un véritable engouement pour l'histoire. Le fait fondamental de la période est l'apparition d'un matériel d'investigation historique inexistant jusqu'alors, qui va se mettre en place de la Convention à Juillet : des revues comme celle des *Etudes historiques*, des écoles comme celles des Chartes ou des Langues orientales, des disciplines auxiliaires comme l'égyptologie de Champollion, l'orientalisme de Burnouf ou la numismatique qu'illustra Lenormant. Grâce à ces nouveaux moyens d'approche l'historien romantique allait pouvoir inventer de nouveaux modes de lecture et de restauration du passé : rompant avec le dogmatisme souvent trop théorique des historiens du XVIIIe, les « Modernes » vont s'engager sur la voie de « l'explication historique ». Explication qui se fera chez les uns dans la trame d'un récit documenté mais également « subjectivé » ; chez les autres à travers des analyses et des problématiques relevant de véritables philosophies de l'Histoire.

Les tenants de l'école « narrative » furent nombreux et illustres. Barante en donnait l'esprit en écrivant en épigraphe de son *Histoire des ducs de Bourgogne* (1828) : « Scribitur ad narrandum, non ad probandum ! » Un an plus tôt, Thiers s'était inspiré du même esprit en rédigeant son *Histoire de la Révolution* qu'il compléta plus tard par une *Histoire du Consulat et de l'Empire* (1845-1862). Mais si l'*Histoire de la Révolution française* de F. Mignet (1824) mérite d'être citée pour avoir pris place dans ce courant, il reste que l'œuvre majeure de l'école narrative est bien l'ensemble des *Récits des temps mérovingiens* qu'Augustin Thierry fit publier en 1840 : riche en couleurs, constitué d'une succession d'épisodes et de tableaux bariolés, le récit historique s'y présente délibérément comme la restauration du passé à travers les visions « authentiques » mais personnelles de l'écrivain, mises en images avec force et brio.

Rien de semblable évidemment chez un E. Quinet, chez un L. Blanc ou chez François Guizot qui, en rédigeant de 1826 à 1856 son *Histoire de la Révolution d'Angleterre*, révélait la conception d'une histoire fondée non plus sur le pouvoir évocateur des images mais sur la vigueur d'une démonstration où chaque hypothèse, chaque théorie, s'appuie sur des faits rigoureux et se vérifie en eux. Même démarche chez le grand Alexis de Tocqueville dont les deux œuvres majeures (*La Démocratie en Amérique*, 1835-1840 et *L'Ancien Régime et la Révolution*, 1856) laissent entrevoir un projet historique et une philosophie de l'histoire étayés sur de très claires interprétations des constitutions, des systèmes politiques, des modes de suffrage, des structures administratives, etc.

Un seul homme de cette génération, Jules Michelet (1798-1874) allait tenter d'écrire une histoire totale qui tienne compte des deux théories que nous avons évoquées. Dans son *Histoire romaine* (1831), dans les six premiers tomes de son *Histoire de France* (écrits avant 1844) et même dans des œuvres plus engagées comme *Le Peuple* (1846) ou son *Histoire de la Révolution française* (1847-1853), Michelet apparaît d'abord comme un grand narrateur, relevant les vestiges du passé sous son souffle de poète épique, cristallisant les âges autour de grandes figures symboliques que sa sensibilité lui impose (Vercingétorix, Charlemagne, Jeanne d'Arc...). Mais chez ce chef de division aux Archives nationales l'inspiration et l'intuition personnelles ne font pas oublier la réalité des faits et des documents ; elles les revivifient plutôt et les « ressuscitent » :

> « Je ne tardai pas à m'apercevoir dans le silence apparent de ces galeries, qu'il y avait un mouvement, un murmure qui n'était pas la mort. Ces papiers ne sont pas des papiers, mais des vies d'hommes, de provinces, de peuples. Tous vivaient et parlaient (...) et à mesure que je soufflais sur leur poussière, je les voyais se soulever. »

Pareillement, la succession des portraits et des tableaux de l'œuvre ne se disperse jamais ; une grande unité dramatique et théorique s'y impose, qui tient à l'absolue confiance du narrateur dans le progrès d'une humanité prométhéenne qu'il a choisi d'illustrer en retraçant les destinées du

« peuple » et de la « terre » de France. Après 1848 la partialité de Michelet nuira à la qualité du travail énorme qu'il accomplit pour publier de 1855 à 1867 les tomes VII à XVII de son *Histoire de France*. Trop souvent il déversera sur la dynastie des Bourbons la haine qu'il portait à l'Empire. C'est dommage ; il y avait en lui la puissance du Hugo de *La Légende des siècles*, il lui manquait sans doute l'audace du Hugo des *Châtiments*.

Sainte-Beuve (1804-1869) fut à la critique littéraire de cette génération ce que Michelet fut à l'histoire. Comme l'auteur du *Peuple* il est la figure marquante qui se dégage d'une constellation de contemporains que sa célébrité continue de masquer : Jules Janin, Villemain, Nizard, Saint-Marc Gérardin, etc. Mais la comparaison ne s'arrête pas là. Un même souci d'objectivité et concuremment une même qualité d'intuition personnelle rapprochent le critique de l'historien. Le second ressucitait le passé d'un peuple, le premier prétendit expliquer les œuvres littéraires en ressuscitant l'homme qui en fut l'auteur : « Je veux interroger directement, examiner l'individu-talent, dans son éducation, dans sa culture, dans sa vie, dans ses origines. » C'est à cette sorte d' « archéologie » des écrivains que s'est livré toute sa vie ce poète romantique déçu (*Vie, pensées et poésies de Joseph Delorme*, 1829 ; *Les Consolations*, 1830) et ce romancier mal compris (*Volupté*, 1834) à qui la voie de la critique s'est présentée enfin comme celle de la réussite.

Il n'y eut guère chez lui, sauf peut-être dans les dernières années de sa vie sous l'influence du courant scientiste, de théorie scientifique de la critique mais plutôt une sorte de méthode « impressionniste » d'approche de l'écrivain et des œuvres qui apparaît dans tous ses écrits : la série des *Portraits* qui regroupe ses articles parus avant 1846 dans *Le Globe* ou *La Revue des Deux Mondes*, *Les Causeries du lundi* et les *Nouveaux Lundis* qui regroupent ceux qu'il donna de 1850 à 1870 au *Constitutionnel*, au *Moniteur* ou au *Temps*, et enfin les deux ouvrages qui sont le fruit de cours prononcés à Lausanne et à Liège, *Port-Royal* et *Chateaubriand et son groupe littéraire sous l'Empire*. L'imagination puissante de Michelet allait au-devant de l'histoire d'une nation ; l'intuition subtile de Sainte-Beuve veut pénétrer la carrière d'un homme, saisir ce moment vital où il devient créateur, pour mieux comprendre ensuite l'écrivain et toute son œuvre :

« Le point essentiel dans une vie de grand écrivain, de grand poète, déclarait-il, est celui-ci : saisir, embrasser et analyser tout l'homme au moment où, par un concours plus ou moins lent ou facile, son génie, son éducation et les circonstances se sont accordés de telle sorte qu'il ait enfanté son premier chef-d'œuvre. Si vous comprenez le poète à ce moment critique qui rattache sa seconde existence, radieuse, éblouissante et solennelle, à son existence première, obscure, refoulée, solitaire... alors on peut dire de vous que vous possédez à fond et que vous savez votre poète.

Une telle rencontre recherchée entre les deux subjectivités de l'écrivain et du critique laissait évidemment place à la partialité et à la méconnaissance. On pardonnera mal à Sainte-Beuve ses erreurs de jugement sur Balzac ou Hugo. On pourra lui objecter aussi, comme le fit Proust, que les deux personnalités de l'homme et de l'artiste sont irréductibles l'une à l'autre. Mais rares sont les prophètes en leur temps et le charme d'une page des *Lundis* estompe souvent les bévues d'une perspicacité défaillante.

Chapitre V

LE ROMAN A L'ÉPOQUE DU ROMANTISME

I. — Les tentatives romanesques des romantiques

La terminologie littéraire suffit à l'indiquer, entre l'esprit du romantisme et le domaine du romanesque la rencontre s'imposait. Et elle a eu lieu d'une manière intéressante et féconde. Si, comme nous l'avons dit, tous les romantiques furent poètes, tous les poètes aussi, de Lamartine à Gautier, furent romanciers. Sans doute parce qu'il y avait dans le genre romanesque tout un espace largement ouvert aux besoins d'évasion, de pittoresque et d'assouvissement du sentiment et de l'imagination qui caractérisent le tempérament romantique. En ce sens les poètes-romanciers de la première moitié du siècle ont non seulement tenté de concilier les esthétiques poétique et romanesque mais ont aussi, en expérimentant des formes originales et en exploitant de nouvelles veines d'inspiration, ouvert la voie à la grande création romanesque qu'exploreront par des chemins divers Balzac, Stendhal et leurs successeurs.

Le roman romantique ne pouvait bien sûr ignorer

la forme du roman confidentiel ou autobiographique. C'est même par le roman autobiographique que le romantisme avait commencé à se signifier sous l'Empire. C'est en cette forme que Musset, en 1826, dans *La Confession d'un enfant du siècle*, continua d'épancher ce lyrisme inquiet, douloureux et attentif à lui-même dont sa poésie était par ailleurs imprégnée. C'est en cette forme encore que Sainte-Beuve, en publiant en 1834 son roman *Volupté*, condensa toutes les subtiles analyses psychologiques que la fiction lui fit attribuer à son héros Amaury mais dont l'origine était principalement la crise sentimentale et « professionnelle » qu'il venait de traverser. Sa propre critique du livre ne laisse aucun doute sur son appartenance au courant intimiste et autobiographique qui fut celui de Chateaubriand et de B. Constant :

« Le véritable objet de ce livre est l'analyse d'un penchant, d'une passion, d'un vice même, et de tout ce côté de l'âme que le vice domine, (...) du côté languissant, oisif, attachant, secret et privé, mystérieux et furtif, rêveur jusqu'à la subtilité, tendre jusqu'à la mollesse, voluptueux enfin ! »

Intime, confidentiel, autobiographique, le roman, par le dynamisme et l'ouverture même de sa nature et de sa forme, invitait à plus d'ampleur. La veine historique allait la lui fournir. Les deux grandes réalisations romanesques de Vigny, *Cinq-Mars* paru en 1826 (et sous-titré *Une conjuration sous Louis XIII*) et surtout *Servitude et grandeur militaires* paru en 1835, témoignent ainsi d'un élargissement réel des frontières du genre : l'analyse et le récit du Moi s'y fondent désormais dans l'évocation plus vaste d'une histoire passée ou contemporaine, pittoresque par son décor, signifiante et symbolique dans ses réalités comme dans ses fictions. En élargissant ses frontières le roman élargit d'ailleurs aussi son public, et le grand roman populaire du XIXe siècle sera avant tout, dès l'époque romantique, un roman historique, impressionnant par la puissance de ses évocations, séduisant par son imagerie dramatique, satisfaisant par l'inépuisable fécondité de sa matière. L'influence de W. Scott, faut-il le préciser, fut primordiale sur tous ceux qui s'adonnèrent alors à ce genre sous ses formes multiples : Nodier avec ses romans noirs comme *Jean Sbogar*, Gautier avec ses œuvres bariolées et pétillantes comme le célèbre *Capitaine Fracasse* (1863) ou l'intrigant *Roman de la momie* (1858), Alexandre Dumas surtout avec sa fameuse trilogie des *Trois Mousquetaires*, de *Vingt ans après* et du *Vicomte de Bragelonne* (1844-1847), et ses célèbres romans-feuilletons tels *Le Comte de Monte-Cristo* (1844-1845) ou *La Dame de Montsoreau* (1846), dont les intrigues fastueuses et spectaculaires n'eurent d'égales que celles des *Mystères de Paris* (1843) d'Eugène Sue, son concurrent.

Aux yeux de la postérité le maître du roman romantique reste pourtant celui qui fut aussi le plus grand des poètes de sa génération, Hugo. Un même souffle épique, une même qualité d'imagination animent l'écriture du poète et celle du romancier. Un même souci surtout d'épuiser toutes les ressources d'un genre caractérise cette double démarche. Hugo a tout tenté dans le roman : il a su glisser des pages autobiographiques dans *Han d'Islande* (1823) où transparaît son idylle avec Adèle Foucher, comme dans *Les Misérables* (1862) où on le reconnaît sous les traits de Marius ; il a parcouru l'histoire en tous sens depuis le Moyen Age de *Notre-Dame de Paris* (1831) jusqu'aux journées de 1848 dans *Les Misérables* en passant par le XVIIIe siècle anglais dans *L'Homme qui rit* (1869) ou par les temps révolutionnaires dans *Quatre-Vingt-Treize* (1873). Il a encore, avec Sue et Balzac, jeté les fondements d'un romanesque nouveau, celui du peuple méconnu et des bas-fonds maudits.

Le plus fascinant chez lui n'est pas seulement cette étonnante disponibilité de l'écriture à toutes les facettes du romanesque, c'est encore l'aptitude qu'il a de faire miroiter toutes ces facettes en une même œuvre. L'exemple des *Misérables* est à cet égard significatif. On peut y lire aussi bien des pages de confidence personnelle, des grandes scènes historiques (Waterloo ou les émeutes de juin 1832), des grandes fresques épiques (comme la scène des égouts) et de surcroît y percevoir tout un système « philosophique » qui se dessine dans l'itinéraire symbolique de Jean Valjean. Cela dit, le roman hugolien, malgré sa puissance et peut-être à cause d'elle, restait bien éloigné de ce qu'allait devenir le roman « moderne ». Hugo lui-même, en déclarant dans une préface « J'ai voulu abuser du roman. J'ai voulu en faire une épopée », avait sans doute senti combien la récurrence systématique dans le récit de ses obsessions, de ses fantasmes et de ses mythes (dont le plus tenace consiste en la trilogie du persécuteur/persécuté/protecteur-vengeur) allait à l'encontre de la spécificité réelle du genre. Incapable de prendre du recul vis-à-vis de ses personnages « surchargés » par sa présence, incapable de déchiffrer sereinement le réel et l'histoire « oblitérés » par ses visions, Hugo romancier se laisse trop souvent envahir et contester par le dramaturge, le poète épique ou le mage illuminé. Bien différentes seront ainsi les esthétiques romanesques de Balzac ou de Stendhal qui pourtant, eux aussi, furent d'abord romantiques. Mais là où Hugo fut voyant génial, eux sauront être observateurs, lucides malgré leurs passions, perspicaces en dépit de leurs mythologies personnelles.

II. — Balzac (1799-1850) et les débuts du réalisme

Avec l'œuvre d'Honoré de Balzac nous entrons de plain-pied dans le domaine de la grande création romanesque du XIXe siècle. Comme celle de Hugo, son œuvre s'impose par sa masse et sa diversité : les récits d'inspiration nettement autobiographique comme *Louis Lambert*, les romans noirs comme *Falthurne*, historiques comme *Les Chouans*, psychologiques comme *Le Lys dans la vallée*, philosophiques comme *La Recherche de l'absolu*, ou encore à intrigue politique comme *Une ténébreuse affaire*. Mais plus encore que par sa fécondité c'est par sa maturité que l'œuvre apparaît essentielle. Balzac fut le premier en effet à révéler tout ce que pouvait le genre romanesque et à en dégager la spécificité. Comme l'écrit G. Picon très justement, « chez Balzac, pour la première fois, le roman s'égale aux autres formes de la littérature. (...) Pour la première fois une pensée, une technique, une expérience deviennent les éléments d'une transfiguration créatrice ».

Pour mieux prendre la mesure de cette vaste somme romanesque il convient de s'intéresser à l'architecture définitive que Balzac lui a donnée après 1842 en l'appelant *La Comédie humaine*. Dans son intégralité elle comprend 91 romans achevés et 46 autres à l'état de projets ou d'esquisses. Suivant la logique d'une pensée inductive remontant des faits aux principes, les récits achevés sont regroupés en trois grandes rubriques : *Les Etudes de mœurs*, *Les Etudes philosophiques* et *Les Etudes analytiques*. De ces dernières seule *La physiologie du mariage* a été menée à son terme. Dans *Les Etudes philosophiques*, constituées pour la plupart de romans du début de la carrière de Balzac, *La Peau de chagrin* (1831), *Louis Lambert* (1832) ou *La Recherche de l'absolu* (1834), transparaissent certaines thèses ou obsessions essentielles du romancier : les ravages de la pensée, le fatalisme des passions, le rêve crucifiant de l'absolu. Mais ce sont *Les Etudes de mœurs*, vaste inventaire social et vaste typologie psychologique, qui constituent le cœur de l'œuvre. Elles se décomposent elles-mêmes en six ensembles d'inégale importance :

1. *Les scènes de la vie privée :* récits généralement assez courts tels *Le Père Goriot* (1834) ou *Modeste Mignon* (1844) qui témoignent de la réalité du quotidien.
2. *Les scènes de la vie de province :* à Saumur avec *Eugénie Grandet* (1833), à Nemours avec *Ursule Mirouet* (1841), à Angoulême avec le début des *Illusions perdues* (1837-1843).
3. *Les scènes de la vie parisienne :* parcours fascinant de la « luxuriante capitale » d'où surgissent *Le Cousin Pons* (1846), *La Cousine Bette* (1847) ou les *Splendeurs et misères des courtisanes* (1838-1847).
4. *Les scènes de la vie politique :* composées de quelques nouvelles dont la plus passionnante reste *Une ténébreuse affaire* (1841).
5. *Les scènes de la vie militaire*, dont Balzac n'acheva que le récit des *Chouans* (1829).
6. Enfin *Les scènes de la vie de campagne* où nous rencontrons successivement *Le Médecin de campagne* (1833), *Le Curé de village* (1841) et l'admirable idylle du *Lys dans la vallée* (1835).

Ainsi méthodiquement structurée, ainsi érigée en système clair et cohérent comparable à ces « tableaux » scientifiques qui fascinaient tant

Balzac chez certains naturalistes tel Geoffroy Saint-Hilaire, l'œuvre apparaît bien comme la première grande tentative « réaliste » pour peindre avec précision et logique un monde, sa société, ses décors et ses figures dominantes. Réaliste, personne ne saurait sérieusement contester en effet que l'œuvre de Balzac l'ait été. L'auteur lui-même ne cachait pas son ambition quand il déclarait dans son *Avant-Propos* de 1842 que son œuvre se voulait « la traduction littérale des faits » qu'il avait connus et vécus de 1789 à la Monarchie de Juillet et que le mérite essentiel en était dans la rigueur et la minutie : « Les détails seuls constituent désormais le mérite des ouvrages improprement appelés romans. » Ajoutons ici que Balzac fut aussi le premier romancier, avant Flaubert et Zola, à fonder « l'objectivité » de ses descriptions et de ses tableaux dans les précisions d'un carnet de notes ou dans les renseignements d'une documentation livresque.

Réaliste par minutie, il le fut aussi par exhaustivité, s'attachant, toujours à la manière des naturalistes admirés, à n'omettre aucun genre, aucune « espèce » dans sa typologie sociale. Aussi sa fresque romanesque apparaît-elle au premier regard comme un encyclopédique parcours de toute la « faune » du premier tiers du siècle. Personne n'échappe à l'œil de l'investigateur méticuleux et systématique : la noblesse tour à tour triomphante ou déchue des Beauséant ou des Restaud ; la haute bourgeoisie de finances des Nucingen ; la petite bourgeoisie commerçante des Birotteau et des Gaudissart ; les usuriers serviles tels Gobseck ou Grandet ; les paysans opprimés ou révoltés ; leurs prêtres et leurs médecins ; les journalistes, chroniqueurs et écrivains comme Lousteau ou d'Arthez ; les chercheurs et les savants comme David Séchard. Toute cette « faune », agitée par l'appât de l'argent ou la frénésie des plaisirs jamais assouvis, c'est dans le fastueux ou sordide décor de Paris, monstrueuse et babylonienne capitale, « océan de boue » où tout aboutit, que Balzac la décrit le mieux. Car c'est là qu'elle donne aussi le mieux le spectacle fascinant ou révoltant de son inhumaine comédie, sous les yeux lucides et impitoyables du romancier qui, dans de longs prologues comme ceux de *La Fille aux yeux d'or* ou de *La Duchesse de Langeais*, l'analyse sans indulgence : « Toute passion à Paris se résout par deux termes : or et plaisir... » C'est d'abord cela le réalisme de Balzac, une forte perspicacité dans la lecture d'un monde, une intuition étonnante de ses nouveaux mécanismes constitutifs et moteurs. Autant de qualités que soulignera l'intérêt pris plus tard par Karl Marx à la lecture de ces romans.

Est-ce à dire que Balzac ne fut que le génial copiste de la société et des figures de son temps ? Certes non, et le souci qu'il eut toujours du « vrai » dans ses évocations ne peut dissimuler le fait qu'il fut aussi le transfigurateur de la matière vivante qui s'offrait à lui. Ce fils du romantisme a plus qu'aucun autre romancier du siècle pétri son œuvre de toutes les forces de sa vie et de son imagination. Loin d'être esclave de la réalité et de s'astreindre à une fidèle reproduction — d'ailleurs pour lui insignifiante ou impossible (« Le monde nous demande de belles peintures ; où en seraient les types ? Vos habits mesquins ? Vos révolutions manquées ? Vos bourgeois discoureurs ou votre religion morte ? ») — Balzac irrigue l'écriture du réel de toute l'intensité de sa personnalité. Par l'introduction dans son récit tout d'abord d'éléments proprement autobiographiques. Certes la création balzacienne, surtout après 1836, semble tenue à distance de l'existence de son créateur. Mais sous les personnages, sous les intrigues, la vie de l'écrivain affleure parfois, émerge dans les souvenirs amers, émus ou nostalgiques : l'acariâtre Mme Bridau de *La Rabouilleuse* ne peut manquer de faire songer à l'autoritaire et insupportable Mme Balzac ; les amertumes et les déboires de Louis Lambert enfant sont ceux qu'a connus le narrateur lors de son séjour au collège des Oratoriens et les souffrances et les rêves de Raphaël furent ceux de l'adolescent confronté aux réalités hostiles de la capitale. Mieux encore, certaines figures majeures de *La Comédie humaine* ne semblent vivre que des appétits ou des répulsions de celui qui les invente : en Rastignac et en Vautrin il a fondu tous ses rêves jamais réalisés de gloire et de pouvoir ; en Nucingen il a compensé son insatiable besoin d'argent ; en Birotteau il a exorcisé sa hantise de la faillite ; avec Lucien et Coralie, Nucingen et Esther, il a assouvi son trouble et sensuel désir de la femme de chair comme il a fait éprouver à Emilio devant Massimilla les délices d'un amour innocent et pur que lui-même a toujours poursuivi.

Le regard de Balzac sur les autres et le monde est ainsi perpétuellement fait de ce double mouvement de réception du réel et d'imprégnation du réel par le Moi. Rien ne sépare jamais chez lui l'observation intuitive de l'imagination. Comme il le fait dire au narrateur de *Facino Cane*, la première est introductrice naturelle de la seconde :

« Quand il faisait beau (...) une seule passion m'entraînait en dehors de mes habitudes studieuses ; mais n'était-ce pas encore de l'étude ? J'allais observer les mœurs du faubourg, ses habitants et leurs caractères. Aussi mal vêtu que les ouvriers, indifférent au décorum, je ne les mettais point en garde contre moi ; je pouvais me mêler à leurs groupes, les voir concluant leurs marchés, et se disputant à l'heure où ils quittent leur travail. Chez moi l'observation était déjà devenue intuitive, elle pénétrait l'âme sans négliger le corps ; ou plutôt elle saisissait si bien les détails extérieurs qu'elle allait sur le champ au-delà ; elle me donnait la faculté de vivre de la vie de l'individu sur laquelle elle s'exerçait, en me permettant de me substituer à lui comme le derviche des *Mille et une nuits* prenait le corps et l'âme des personnes sur lesquelles il prononçait certaines paroles. »

Cette extraordinaire faculté de « vivre la vie de ses personnages », telle est bien la meilleure définition du pouvoir étonnant de l'imagination balzacienne. Tous les grands personnages de *La Comédie humaine*, ceux que l'on appelle les « types », sont ainsi d'un même mouvement arrachés à la réalité et élevés à la dignité littéraire par l'investissement en eux de la personnalité géniale de leur créateur. Rien d'étonnant à ce que derrière leurs apparences physiques ou sociales particulières ils se ressemblent tant, Rastignac et Rubempré, Vautrin et Bette, Raphaël, Balthazar Claës et Louis Lambert ; une même crainte les retients ou les angoisse, celle du mythe clé de l'œuvre, le mythe de « la peau de chagrin », de la vie et de la création rongées et usées par le désir et la passion mêmes de vivre et de créer. Dans une admirable chronique, Baudelaire avait parfaitement perçu le premier cette permanente présence de Balzac en ses personnages et en ses fictions :

« Tous ses personnages sont doués de l'ardeur vitale dont il était animé lui-même. Toutes ses fictions sont aussi profondément colorées que les rêves. Depuis le sommet de l'aristocratie jusqu'aux bas-fonds de la plèbe, tous les acteurs de sa *Comédie* sont plus âpres à la vie, plus actifs et rusés dans la lutte, plus patients dans le malheur, plus goulus dans la jouissance, plus angéliques dans le dévouement, que la comédie du vrai monde ne nous les montre. Bref, chacun, chez Balzac, même les portières, a du génie. Toutes les âmes sont des armes chargées de volonté jusqu'à la gueule. C'est bien Balzac lui-même. »

Dans une lettre, Balzac écrivit à Mme Hanska, son amie polonaise qu'il épousa en 1850 quelques mois avant sa mort : « Mes romans sont *les Mille et une nuits* de l'Occident ! » Ainsi a travaillé Balzac : de « la traduction littérale des faits » à la mise en scène d'une vaste « légende du siècle ». Pénétrant avec subtilité la matière de la réalité, il l'a dépassée pour la remodeler selon les exigences de ses propres mythes : « J'ai maintes fois été étonné, écrit encore Baudelaire, que la grande gloire de Balzac fût de passer pour un observateur ; il m'avait toujours semblé que son principal mérite était d'être visionnaire et visionnaire passionné. » C'est ainsi que nés de l'observation mais « exaltés » par l'imagination, les personnages de l'œuvre, que Balzac lui-même nomme ses « personnages épiques », deviennent d'universelles figures de légende : le petit père Goriot c'est aussi « le christ de la paternité », le pitoyable parfumeur Birotteau c'est aussi « le martyr de la probité commerciale », la tendre Mme de Mortsauf c'est la vertu incarnée, Rastignac c'est la volonté de réussir... Là réside le vrai génie de Balzac : avoir fait accéder dans ses personnages les réalités quotidiennes du monde et de l'histoire à la dignité universelle d'une légende, non pas par l'arbitraire d'une simple mise en scène littéraire, mais par la qualité et la puissance d'un regard et d'une passion nourris précisément des spectacles et des drames vécus dans le monde et dans l'histoire.

Ajoutons que la réussite de la création balzacienne est due pour une grande part aussi à une parfaite maîtrise de la technique romanesque. Technique qui est chez lui, et à tous niveaux, une technique de composition. En premier lieu composition de chaque portrait ou de chaque description dont l'exhaustivité et la minutie ne sont pas les seuls mérites. L'ordre des « informations » y est essentiel, toujours justifié et pleinement significatif : pour s'en convaincre on peut relire les premières pages du *Père Goriot* où Balzac nous conduit des extérieurs de la rue Neuve-Sainte-Geneviève à l'intérieur puis aux combles de la pension Vauquer. Composition ensuite de chaque récit, long ou court, simple ou complexe, selon les règles d'une véritable dramaturgie ; avec leurs longs prologues descriptifs ou analytiques, avec la cristallisation progressive de leur intrigue par crises successives et la précipitation dramatique de leur dénouement (schéma dont on verra la perfection dans *La Duchesse de Langeais*), tous les romans balzaciens paraissent ainsi se ressembler comme si l'objet propre de leur récit, leur « histoire », était toujours entraînée dans la même épaisseur du temps, plus tragique que réel, de leur « discours ». Composition enfin et surtout de l'ensemble de l'œuvre qu'il convient d'examiner tant elle est fondamentale pour sa compréhension même. En 1833, Balzac enthousiaste écrit à sa sœur : « Saluez-moi car je suis tout bonnement en train de devenir un génie ! » Il venait en effet de concevoir pour la première fois le prodigieux projet de *La Comédie humaine* : assurer, par le retour systématique de certains personnages (Rastignac, héros du *Père Goriot* devenant par exemple figure secondaire et intermittente de *Splendeurs et misères des courtisanes* où Vautrin réapparaît aussi sous les traits du diabolique Carlos Herréra), la cohérence de tout un univers romanesque obéissant à ses lois propres. Rien d'articiciel ne se ressent dans cette tentative qui est pour Balzac lui-même sa grande réussite : créer une Totalité pleinement cohérente et signifiante qui puisse rivaliser avec la Totalité « déjà faite » du réel. C'est à cette époque qu'il supprime à l'intérieur de ses romans déjà écrits les chapitres et les parties dont il les avait scandés, comme si chaque récit devait devenir à lui seul un chapitre, primordial ou secondaire, de l'immense *Comédie*. L'unité esthétique de la somme romanesque devait finalement apparaître comme son pouvoir le plus certain et le plus fascinant sur l'esprit du lecteur : chaque roman particulier paraissant authentifier l'imposante logique de l'édifice et la grandeur de l'édifice venant expliquer et justifier l'existence de chaque roman.

En regard de cette exceptionnelle réussite d'ensemble, les critiques plus ou moins fondées que la postérité littéraire a cru devoir faire au « style » de Balzac apparaissent de bien peu de poids. On a beau jeu de recenser et de stigmatiser les impropriétés, les lourdeurs ou les redites de sa langue. Encore ne faudrait-il pas prendre pour des imperfections ou des maladresses ce qui fut, comme l'a si bien compris Proust (styliste raffiné s'il en fût !), nécessaires « libertés » d'une immense puissance verbale. Epais mais pourtant vigoureux, dense mais toujours palpitant de vie, en un mot à l'image de celui qui l'écrit, le langage de Balzac est « une force qui va », soulevant et érigeant les masses mêlées du mythe et de la réalité dans les grands replis de ses mots. A elle seule, cette vibrante épaisseur de la parole de l'écrivain assure à l'univers fabuleux de *La Comédie humaine* son unité, son authenticité et sa force.

III. — Stendhal (1783-1842) et le réalisme « subjectif »

Etonnante carrière, étonnant destin littéraire que celui de ce jeune Grenoblois, Henri Beyle, révolté contre son milieu familial mais rêvant d'aventures et de conquêtes, qui allait se forger, en dépit de Paris et de la France mais grâce aux merveilles exaltantes d'une Italie de rêve, l'un des noms les plus célèbres de notre littérature romanesque. Paris ne l'aura retenu qu'un temps, celui des études ; dès 1800 en effet, sous la bannière de l'armée de Bonaparte, c'est Milan et une Italie enchanteresse qu'il découvre avec une telle fascination qu'il viendra s'y fixer pour sept ans de 1814 à 1821, après la chute de l'Empire et une dizaine d'années passées en France où il n'aura guère connu que des déboires en matière de création théâtrale. A Milan en revanche tout le séduit et le ravit. Sa curiosité de « touriste » cultivé nous est donnée à lire dans son *Histoire de la peinture en Italie*, mais surtout dans son triptyque *Rome*, *Naples Florence* (1817) qu'il signe pour la première fois du pseudonyme qui lui vaudra la célébrité : Stendhal.

Suspecté de « libéralisme » par la police autrichienne, il se verra contraint de rentrer à Paris pour dix nouvelles années (de 1821 à 1830). Promenant sa désinvolte silhouette dans les ennuyeux salons de la Restauration, dans les cercles des Idéologues, ou dans les salles de rédaction du *Globe*, il rédigera au fil des années des ouvrages aussi différents que son traité *De l'Amour* publié en 1822, son *Racine et Shakeaspeare* (1823-1825) et ses deux premiers romans d'analyse, *Armance* en 1827 et *Le Rouge et le Noir* en 1829. Incompris de ses compatriotes, endetté, il acceptera avec empressement en 1830 et 1831 les postes diplomatiques qui lui seront confiés à Trieste puis à Civita-Vecchia jusqu'en 1841. C'est pendant cette dernière décennie de son existence mouvementée qu'il rédigera, avec une étonnante alternance, ses dernières œuvres : romanesques d'un côté avec *Lucien Leuwen* (roman inachevé commencé en 1834), *Les Chroniques italiennes*, *La Chartreuse de Parme* et *Lamiel* (autre roman inachevé) en 1839 ;

autobiographiques de l'autre avec *Les Mémoires d'un touriste* (1838) puis les *Souvenirs d'égotisme* et *La Vie d'Henri Brulard* qui ne seront publiés qu'après sa mort survenue lors d'un congé à Paris en 1842 après une longue maladie.

Aucun grand écrivain n'a vécu plus que Stendhal dans un état d'indifférence ou de mépris réciproque vis-à-vis de ses contemporains. *Armance*, son premier roman, passa pratiquement inaperçu ; *Le Rouge et le Noir* attira davantage la curiosité que les éloges et *La Chartreuse de Parme* n'eut guère d'autre admirateur que Balzac qui signifia son enthousiasme pour l'ouvrage dans un célèbre article de 70 pages paru dans *La Revue parisienne* du 25 septembre 1840. Fondamentalement relativiste, Stendhal ne s'était d'ailleurs jamais fait d'illusions sur le poids et la durée de la célébrité littéraire. Témoin ce jugement à double sens sur ses contemporains romantiques et leurs œuvres :

> « Le romanticisme est l'art de présenter aux peuples les œuvres littéraires qui, dans l'état actuel de leurs habitudes et de leurs croyances, sont susceptibles de leur donner le plus de plaisir possible. »

Pour lui la vraie gloire était ailleurs, par-delà les illusions du moment ou les pièges de l'histoire : « Je mets un billet de loterie dont le gros lot se résume à ceci : être lu en 1935. »

Ce n'est pas pourtant que le caractère d'Henri Beyle n'ait été en concordance avec le siècle qu'il traversait. Passionné, sensible, ambitieux, poète même, il fut plus romantique que ne l'était Balzac et peut nous rappeler parfois la personnalité d'un Vigny. Son goût très prononcé pour l'autobiographie, son perpétuel souci de se questionner, son désir de « parvenir » à force de volonté et d'énergie (dont témoigneront dans ses romans Julien Sorel comme

Fabrice del Dongo), sa facilité à aimer et à jouir jusqu'à l'extase de tout ce qui peut flatter l'esprit ou les sens, tout cela le prédisposait apparemment à être, plus que d'autres, le type même de l'individu romantique. Il le fut d'ailleurs peut-être un instant, dans les années 1823-1825, quand sa passion pour le théâtre (à vingt ans il rêvait d'écrire « des comédies comme Molière » !) le conduisit à s'engager aux côtés de Hugo dans la grande bataille contre la dramaturgie classique et ses contraintes, dans son fameux *Racine et Shakeaspeare*, plus audacieux que ne le fut la Préface de *Cromwell.*

Mais si Stendhal eut certains traits du caractère romantique, il n'en eut jamais la spontanéité naïve. Passionné par les recherches et les théories des Idéologues, comme Cabanis ou Destutt de Tracy, qui démontrent l'influence de la physiologie sur le comportement psychique et accordent une grande importance à l'analyse et à l'observation de l'individu, Stendhal fut, à la manière des Philosophes, un homme de conscience, d'interrogation et de jugement. Voilà qui explique qu'il eut tant d'admiration pour Voltaire et tant de mépris pour le malheureux Chateaubriand. A cet égard son second ouvrage important, *De l'Amour*, le situe bien vis-à-vis du phénomène romantique. Ce traité, qui se dit « une description détaillée et minutieuse » de la passion romantique, n'est précisément plus le fait d'un romantisme vécu mais bien l'aveu d'un romantisme analysé, critiqué, et pour prendre un mot qui fera image, « désamorcé ».

Dégoûté par les modes littéraires, lassé des abus d'un lyrisme galvaudé, déconcerté par les faux-semblant et les masques hypocrites de son temps, Stendhal déclare vouloir autre chose : la simplicité et le naturel. En d'autres termes, l'expérience littéraire ne s'impose à lui que parce qu'elle lui paraît être le plus sûr moyen pour rejoindre, grâce à la transparence du langage (« sec », « à la manière du Code civil... »), ce qu'il y a en l'individu de plus fondamental, cette authenticité qui seule peut apporter réponse aux questions essentielles : Qui suis-je ? Quel est le sens de mon existence ? D'où la passion stendhalienne pour les exercices autobiographiques qu'il multiplie à l'envi, se faisant miroiter à lui-même, sur l'écran des mots, les mille et une facettes de son personnage.

Comment concilier alors cet anathème contre les subterfuges ou les hypocrisies, cette revendication du « naturel » et cette volonté de lucidité avec le goût constant qu'affiche aussi l'écrivain pour la dissimulation, le pseudonymat et les mystifications les plus diverses ? En réalité Stendhal était parfaitement conscient des difficultés qu'il y a à s'éprouver soi-même en toute lucidité. Aussi accepta-t-il le recours à la feinte et à la fiction « mensongère » comme une facilité salvatrice :

> « Il est très difficile de peindre ce qui a été naturel en nous, de mémoire. On peint mieux le factice, le joué, parce que l'effort qu'il a fallu faire pour jouer l'a gravé dans la mémoire. »

Dans son œuvre autobiographique, l'hypocrisie de Stendhal n'est donc en fait que dépassement de « l'autre » hypocrisie. C'est par les noms divers qu'il se donne, par les personnages variés qu'il emprunte, que l'écrivain se constitue et s'identifie en jouant, devant lui et devant le lecteur, la comédie de l'authenticité. Valéry l'avait bien compris quand il écrivait : « Stendhal se donne à soi-même une centaine de pseudonymes, moins pour se dissimuler que pour se sentir vivre à plusieurs exemplaires. » Aussi n'y eut-il pas non plus chez lui de contradiction entre écriture romanesque et écriture autobiographique.

Sa perpétuelle oscillation entre les deux genres littéraires prouve au contraire combien tous deux participent d'une même liaison existentielle entre l'œuvre et la vie, l'imagination romanesque « réaliste » ne faisant que prendre par intermittence la relève du récit autobiographique « authentique ».

Réaliste, Stendhal le fut tout autant que Balzac ; mais d'une autre manière. Il s'agit moins chez lui de peindre l'épaisseur d'un monde ou la profondeur d'une histoire, que d'en saisir les « impressions » et d'en suggérer les effets. Certes on ne peut nier qu'il y ait dans son œuvre romanesque une véritable fresque des moments historiques et des couches sociales qu'il a connus. *Armance* était déjà sous-titré *Quelques scènes d'un salon de Paris en 1827*. *Le Rouge et le Noir* se présente délibérément comme une contestation du système légitimiste et une très vive satire de la société de la Restauration, détestable pour le libéral Stendhal et de toute façon condamnée, avec ses « grands seigneurs muets », ses « intrigants, la plupart tarés, mais tous gens d'esprit qui, ce soir-là, abordaient successivement dans le salon de M. de La Mole... », ses parvenus malfaisants comme l'abbé Pirard et ses bourgeois avides de « réussir » et de pénétrer cet univers de conventions pourtant moribond. Le projet de *Lucien Leuwen* était encore d'évoquer la société de la Monarchie de Juillet, tout entière régie par les puissances de l'argent, de la banque et du capital (« Un ministère ne peut pas défaire la Bourse et la Bourse peut défaire un ministère ! »). Quant à *La Chartreuse de Parme*, elle offre, dans le cadre clos d'une petite cour italienne, non seulement le tableau de l'Italie de Metternich mais aussi, avec les Farnèse et le Rassi, les caricatures savoureuses et efficaces d'un despotisme médiocre contesté par les figures de la véritable aristocratie, celles de Fabrice, de Mosca et de la Sanseverina.

Cela dit — et en dépit de cette image, chère à son auteur, du roman « miroir promené le long d'un chemin » — l'évocation réaliste d'un monde n'a rien à voir chez Stendhal avec cette sorte d'exhaustivité méthodique que nous trouvions dans *La Comédie humaine*. L'objectivité, au sens strict du terme, est sans cesse contestée chez Stendhal, voire offusquée, par l'omniprésence de l'auteur dans le roman. Alors même que le récit paraît parfois d'une étonnante minutie et d'un subtil pointillisme descriptif (ces fameux détails, ces célèbres « petits faits vrais »), il peut s'ouvrir brutalement au discours « subjectif » de son auteur, véritable intrus critique dans sa narration. Plus encore que la permanence d'un ton aisément reconnaissable qui invite au pastiche, plus encore que la récurrence de thèmes très personnels (les duos féminins, l'obsession du théâtre, la croyance aux présages, la phobie de l'emprisonnement), ces intrusions d'auteur sont le signe le plus explicite de l'égotisme souvent ludique qui marque la création stendhalienne. Par ces remarques ou ces clins d'œil, dans le jeu de connivence qui s'établit entre l'instance narrative du texte et son destinataire, le romancier réaffirme la toute-puissance essentielle du Je qui invente, conduit et écrit une intrigue qui est toujours la sienne.

Davantage que chez Balzac, le personnage stendhalien est fondamentalement constitutif du roman où il évolue. C'est qu'il est toujours l'intercesseur agissant de son auteur dans l'espace du livre. Nous voyons le monde du roman par les yeux des héros, par leurs « points de vue », mais c'est toujours Stendhal que nous devinons derrière leurs regards.

Julien, Fabrice, Lucien, tous ces héros de l'ambition qui découvrent et apprennent un monde en même temps qu'ils s'expliquent et se comprennent eux-mêmes, sont autant de pseudo-Stendhal, de recréations d'une même personnalité à la recherche de son identité vraie sous des masques variés. Le couple Julien-Fabrice est le plus révélateur de cette mise en scène ambiguë mais profondément vécue. Julien Sorel est le Stendhal mal à l'aise dans l'histoire, acharné dans sa quête du bonheur, hypocrite et calculateur sordide s'il le faut, tant est fort son désir, son appétit même, de devenir « quelqu'un » et de le signifier (« Messieurs, déclare-t-il aux aristocrates du salon des La Mole, vous voyez en moi un paysan qui s'est révolté contre la bassesse de sa fortune »). Fabrice del Dongo au contraire révèle un Stendhal de l'extase et de la jouissance, qui n'a pas à chercher le bonheur puisqu'il le trouve ou l'imagine sans cesse dans la réalité, fût-elle malheureuse, ou dans la rêverie, fût-elle la plus audacieuse et la plus folle. Créateur au plein sens du terme, Stendhal ne se contente pas de livrer à tel ou tel de ses héros quelque parcelle de son caractère, c'est sa personnalité tout entière qu'il se découvre ou se réinvente au rythme de ses personnages. Leurs aventures sont les siennes, leurs réussites, leurs échecs aussi. Là est le vrai sens de son réalisme : apprendre la réalité et s'apprendre soi-même dans les aventures, réussites ou échecs, du langage romanesque.

Encore qu'il n'y ait jamais réellement chez lui — tant est grand son bonheur d'écrire — d'échecs du langage mais seulement parfois des récits de l'échec. Si les aléas de la fiction peuvent en effet conduire le héros vers le malheur, ce dernier semble toujours surmonté par la poésie du discours qui le raconte, aussi sombre soit-il. Maurice Bardèche avait bien senti la puissance de cette poésie, qui est, plus que tout, présence émue du créateur à sa création et empreinte sensible sur cette création, quand il écrivait : « Stendhal est un des plus véritables poètes du XIXe siècle. » Le lecteur, qui a su être sensible au ton stendhalien, à cet accent mélodieux, à cette cadence et à cette euphonie qui rappellent le tempo de la langue italienne, ne sera pas surpris d'un pareil jugement. Le style de Stendhal est d'évidence un style poétique tant il ne peut s'expliquer mais convie plutôt à la rêverie comme le fait telle toile ou tel concerto. Comme certaines pages de Rousseau, l'œuvre de Stendhal invite d'ailleurs à une transposition musicale ou picturale : on pressent Mozart ou Cimarosa derrière la mélodie troublante de ses phrases, on devine Le Corrège derrière les nuances voluptueuses de ses paysages. Si la vraie poésie se signifie par ce qu'il y a en elle d' « indéfinissable », c'est bien de cela qu'il s'agit chez l'auteur de *La Chartreuse*. Grandes lignes et détails d'une fresque ou d'un portrait se fondent dans un même flou harmonieux qui trouble et « interroge », disait Bardèche, « comme le sourire de la Joconde ». Ce halo affectif et souvent sensuel qui nimbe gracieusement les lieux et les êtres à tout moment du récit est la poésie vraie.

« Elle ne s'exprime pas, poursuit l'auteur de *Stendhal romancier*, par des mots, comme on croit que s'exprime toute poésie, mais elle est plus indéfinissable, plus diffuse, elle se laisse percevoir dans la qualité de l'invention, dans l'inflexion d'une tendresse secrète. »

Réalisme historique et social, réalisme subjectif, le réalisme de Stendhal est donc aussi poétique au plein sens du terme. La poésie ne nuit pas ici à la volonté réaliste, elle contribue au contraire à l'authentifier, en marquant les éléments du récit de l'empreinte d'une sensibilité et d'un regard vivants. Jamais Stendhal ne peint mieux les réalités du monde, êtres et choses, que lorsqu'il s'investit pleinement dans sa peinture verbale. C'est quand il évoque les promenades exaltées de Julien dans les bois de Vergy, les escapades éblouies de Fabrice sur les bords du lac de Côme, ou l'horizon enchanteur entrevu du haut de la tour Farnèse, qu'il donne de la réalité son spectacle le plus vrai parce qu'aussi le plus poétique. C'est dans ces moments « sublimes » où l'euphorie de l'écriture rejoint l'éblouissement de la vision que Stendhal nous parle le plus et le plus directement, en interpellant en nous ce qui n'a ni âge ni saison et qui s'appelle l'amour de la vie :

« La vue de tout ce qui est extrêmement beau, dans la nature et dans les arts, écrivait-il déjà dans *De l'Amour*, rappelle le souvenir de ce qu'on aime, avec la rapidité de l'éclair. C'est que, par le mécanisme de la branche d'arbre dans la mine de Salzbourg, tout ce qui est beau et sublime au monde fait partie de la beauté de ce qu'on aime, et cette vue imprévue du bonheur à l'instant remplit les yeux de larmes. C'est ainsi que l'amour du beau et l'amour se donnent mutuellement la vie. »

IV. — Mérimée (1803-1870) et George Sand (1804-1876)

La personnalité de Mérimée n'est pas sans rappeler celle de Stendhal dont il fut l'ami à Paris dans les années 1820. Il y a chez lui, comme chez son aîné, un permanent mélange de sentimentalité romantique et d'esprit critique ; il y a aussi un même goût pour les dissimulations et les mystifications qui lui fera donner au public en 1825, sous le titre de *Théâtre de Clara Gazul*, puis en 1827 sous l'anagramme de *La Guzla*, une drolatique collection de pièces pseudoespagnoles ou pseudo-illyriennes. Romantique, Mérimée le fut réellement par son goût du pittoresque et de l'exotisme mais surtout par sa passion sincère pour l'histoire qui lui inspirera un grand roman, haut en couleurs et riche en péripéties, la *Chronique du règne de Charles IX* (1829). Seulement, comme chez Stendhal, le romantisme n'est plus chez lui euphorique et expansif, il est devenu contraint, presque refoulé. Pareil à l'un de ses personnages du *Vase étrusque*, Mérimée surveille chacune de ses réactions et calcule — dût-il en souffrir — chacun de ses effets :

« Il était né avec un cœur tendre et aimant ; mais à l'âge où l'on prend trop facilement des impressions qui durent toute la vie, sa sensibilité trop expansive lui avait attiré les railleries de ses camarades. (...) Dès lors il se fit une étude de supprimer tous les dehors de ce qu'il regardait comme une faiblesse déshonorante. Il atteignit son but, mais sa victoire lui coûta cher. Il put cacher aux autres les émotions de son âme trop tendre ; mais en les renfermant en lui-même, il se les rendit cent fois plus cruelles. »

Ce constant mélange d'enthousiasme et d'impitoyable autocritique apparaît fortement dans ses nouvelles qui, beaucoup plus que son théâtre, devaient lui valoir la célébrité. En 1833, sous le titre *Mosaïque*, il livre au public un recueil contenant ses premiers et brefs récits (*Matéo Falcone*, *Tamango*, *Le Vase étrusque*, etc.). A partir de 1834, consécutivement à sa nomination à l'Inspection des Monuments historiques et à plusieurs grands voyages qui enrichissent son inspiration, il rédige ses plus grands succès, des nouvelles de plus en plus étoffées comme *Les Ames du Purgatoire* (1834), *Colomba* (1840), *Carmen* (1845), et des récits apparentés au genre fantastique, *La Vénus d'Ille* (1836), *Lokis* et *Djoumane* (1869). Le romantisme est bien là dans toutes ses œuvres, avec leurs passions primitives, coupables et meurtrières, leurs décors sauvages et exotiques, ou encore leurs échappées sur le monde du mystère et de l'irrationnel. Mais pourtant, dans ces récits étroits et parfaitement construits, ni la violence passionnelle, ni l'exotisme pictural, ni même le fantastique ne débordent. Tout y est calculé et maîtrisé. L'érudition de l'enquêteur méticuleux que fut Mérimée et son intelligence critique de conteur méthodique soumettent chaque détail et chaque péripétie à une rigoureuse logique narrative. De même le narrateur — presque toujours un témoin accidentel ou un étranger de passage — ne succombe jamais aux séductions ou aux sortilèges de son récit. D'où cette curieuse impression à la lecture des nouvelles de Mérimée d'être brutalement entraîné dans un univers « dépaysant » et pathétique (comme ceux de Gogol, de Tourguenieff ou de Pouchkine qu'il aimait tant) et simultanément de s'en sentir protégé et comme exclu par la distance critique, voire ironique, que le narrateur prend vis-à-vis de lui. Cette rigueur de l'écrivain, son attention constante à maîtriser la sensation au moment même où elle s'éveille, son aptitude à suggérer le trouble, le bestial ou l'irrationnel à travers une forme et un style des plus concis et des plus clairs, ont fait de Mérimée non seulement le premier mais bien l'un de nos meilleurs nouvellistes. Sa personnalité d'homme et d'écrivain collait à cette forme dont il trouva spontanément les règles sans en éprouver les limites. Le roman était trop vaste pour lui.

Rien de tel chez George Sand. La vie, comme l'imagination, chez Aurore Dupin, baronne Dudevant ou « bonne dame de Nohant », étaient cette fois d'essence romanesque. N'a-t-elle pas vécu les intrigues de ses romans d'amour avant de les écrire, elle qui sut séduire des hommes aussi différents que Jules Sandeau, Musset ou Chopin ? Ne devait-elle pas être romancière avant tout pour gagner, malgré bien des différends théoriques, l'admiration du grand Balzac ? Loin d'égarer son inspiration hors des sentiers de l'existence ou de la tenir à l'écart des élans de sa personnalité, c'est délibérément qu'elle la fonda dans les expériences successives de son destin.

A l'heure du réalisme naissant elle ose se dire « idéaliste » et, refusant de s'adonner aux « mensonges de l'art » comme aux divertissements des « contes et des douces chansons », elle assigne à son écriture un autre but :

« Nous croyons que la mission de l'art est une mission de sentiment et d'amour, que le roman d'aujourd'hui devrait remplacer la parabole et l'apologue des temps naïfs. »

Et de fait, c'est le sentiment personnel, la confidence intime qui alimentent ses trois premiers romans : *Indiana* en 1831, *Valentine* en 1832, et *Lélia* en 1833. Retrouvant le souffle qui avait inspiré à son aînée, Mme de Staël, les amours malheureux mais brûlants de *Corinne*, elle se fait l'avocat des passions féminines d'autant plus fortes qu'elles se heurtent aux interdits de la société et de la morale.

Fille du romantisme par cette passion revendicatrice de l'individu contre les rigueurs du monde, elle le sera aussi plus tard par ses prises de position en faveur du petit peuple et des pauvres. Influencée par les thèses de P. Leroux et de Lamennais, elle se prend à rêver, dès *Mauprat* en 1837, d'un univers de réconciliation et de progrès qui apparaîtra mieux encore dans les grands romans, d'un humanitarisme sincère mais un peu naïf, que sont *Le Compagnon du tour de France* (1840), *Consuelo* (1842), ou *Le Meunier d'Angilbault* (1845). Retirée à partir de 1846 dans son Berry natal, c'est sur le monde des paysans de sa province qu'elle portera, dans une série de récits rustiques, le même regard attendri et généreux : dans les nouvelles de *La Mare au diable* (1846) et de *La Petite Fadette* (1849), dans le récit de *François le Champi* (1850) qui plut tant à Proust, enfin dans le roman qui est peut-être son chef d'œuvre, *Les Maîtres sonneurs* (1853).

Comblée par la célébrité et assagie avec le temps, G. Sand consacrera ses dernières années d'écrivain au récit de son existence dans *Histoire de ma vie* en 1854 et dans *Elle et Lui* en 1859. Mais l'imagination n'était pas encore tarie chez celle qui fut l'un des maîtres du roman bucolique et régional. En publiant en 1857 *Les Beaux Messieurs de Bois-Doré* et en 1860 *Le Marquis de Villemer*, elle devait laisser un ultime témoignage de la fécondité de son imagination et de son talent descriptif toujours authentifié par un sincère attachement aux êtres et aux paysages de la nature.

DEUXIÈME PARTIE

FASCINATION ET DÉPASSEMENT DU RÉEL

INTRODUCTION

LE TOURNANT DE 1848 ET LA PÉRIODE 1850-1900

En 1850 Honoré de Balzac meurt. Stendhal l'a précédé de huit ans dans la mort et les grands poètes romantiques, à l'exception de Hugo, se sont tus. Mais si le romantisme littéraire disparaît au cœur du siècle, est-ce à dire que ses messages et ses espérances s'évanouissent avec lui ? L'échec cuisant de Lamartine aux élections de décembre 1848 ne le laisse que trop voir. En réprimant violemment en juin ce qui n'a été qu'une révolution avortée puis en entérinant le coup d'Etat de décembre 1851, la bourgeoisie a résolument tourné le dos à la générosité romantique et aux utopies des Saint-Simon et des Fourier pour se lancer dans une frénétique course au progrès à laquelle le peuple participe sans en retirer profit. La chute du Second Empire et la Commune de 1870 montreront clairement combien, au temps des prospérités bourgeoises, le fossé était profond entre des possédants aveuglés par une réussite sans précédent dans l'histoire économique et des travailleurs pour la première fois « éclairés » dans une histoire qu'ils n'ont jamais cessé de faire. Lamennais, Proudhon, puis Marx ne vont pas parler pour rien.

Ce demi-siècle où le poids des choses, des hommes et de l'Histoire allait se faire plus lourd, marquera la littérature d'un mot lui aussi lourd de signification : le réalisme. Certes nous avons déjà vu Balzac ou Stendhal chercher à « peindre la réalité » du monde qu'ils vivaient. Mais quand, après 1850, cette réalité se fait plus contraignante et plus problématique, le but des écrivains n'est plus seulement de « peindre » ; ils sont tentés d' « expliquer », ou de se laisser aller à la fascinante « exploration » d'un réel toujours à conquérir.

A l'âge des exploits de la science, la tentation explicative ne pouvait évidemment que séduire les penseurs et les écrivains qui cherchèrent dans la littérature le chemin d'une « objectivité » que le positivisme de Comte et le scientisme de ses successeurs avaient érigée en dogme. La critique et l'histoire seront les premiers domaines à s'ouvrir spontanément à cet esprit nouveau. Mais c'est bien sûr le genre romanesque, depuis les premières expériences théoriques de Champfleury jusqu'aux réussites naturalistes de Zola en passant par les étonnantes tentatives de Flaubert, qui donnera les meilleurs exemples du réalisme en littérature, même si ce seul mot ne suffit pas à rendre compte d'une multiplicité de recherches différentes et originales. La poésie elle-même n'échappera pas à cette tentation du réel et nous verrons que l'épisode du Parnasse, à défaut d'illustrer ce qu'aurait pu être un véritable réalisme poétique, s'inscrit, dans une certaine mesure, dans la perspective d'une soumission aux données d'un réel que l'on décrit ou explique sans jamais le remettre en cause.

Or précisément, cette « observation » du réel, à tous les sens du terme, était contestable dès que l'on admettait que la réalité elle-même puisse être contestée. Aussi verra-t-on se lever, tout au long du demi-siècle, des hommes pour refuser ces contraintes des faits et de leur logique au nom d'une *autre* réalité, moins aisément saisissable et jamais en tout cas définissable. Baudelaire ainsi (qui écrira : « La poésie est *ce qu'il y a de plus réel*, c'est ce qui n'est complètement vrai que *dans un autre monde*... ») sera le premier à conduire la littérature sur les chemins de l'exploration fascinante et de l'expression difficile d'une nouvelle réalité : celle des profondeurs mystérieuses du Moi, du monde et de leurs langages que Rimbaud, Verlaine, ou Mallarmé continueront de parcourir après lui. Ainsi encore les romanciers fantastiques et « surnaturalistes » comme Barbey d'Aurevilly et Villiers de l'Isle-Adam, ou « décadents », comme Huysmans à la fin du siècle, arracheront-ils le roman à la sclérose qui le menaçait.

C'est cette double et concurrente séduction d'un réel à décrire et à expliquer ou d'une autre réalité à atteindre et à explorer qu'il nous faut maintenant commenter, dans l'espace d'un des demi-siècles les plus riches de notre littérature.

Chapitre Premier

HISTOIRE ET CRITIQUE POSITIVISTES

C'est sans doute derrière le dogmatisme de l'œuvre historique de Fustel de Coulanges que se dessine le plus nettement l'influence essentielle du fameux *Cours de philosophie positive* prononcé par Auguste Comte de 1830 à 1842. Reprenant les principes de l' « état positif » où la tâche de l'esprit humain est, selon Comte, de découvrir les lois effectives des phénomènes, l'historien de *La Cité antique* (1864) et de l'*Histoire des institutions de l'ancienne France* (1875-1891) posa clairement les règles de la nouvelle méthodologie historique : collation rigoureuse des faits, analyse objective, sobriété dans l'expression.

« L'histoire, écrit-il, n'est pas un art, elle est une science pure. Elle ne consiste pas à raconter avec agrément ou à disserter avec profondeur. Elle consiste, comme toute science, à constater des faits, à les analyser, à les rapprocher, à en marquer le lien. »

Participant du même esprit, et prolongeant l'évolution de Sainte-Beuve vers une forme de recherche critique plus scientifique, deux hommes aux carrières presque synchroniques, Hippolyte Taine (1828-1893) et Ernest Renan (1823-1892), devaient marquer la nouvelle génération de critiques et d'historiens. De ces deux écrivains et « hommes de science », Taine fut à coup sûr le plus mécaniste et le plus péremptoire :

« Tous les sentiments, écrit-il, toutes les idées, tous les états de l'âme humaine sont des produits ayant leurs causes et leurs lois, et tout l'avenir de l'histoire consiste dans la recherche de ces causes et de ces lois. L'assimilation des recherches historiques et psychologiques aux recherches physiologiques et chimiques, voilà mon objet et mon idée maîtresse. »

Deux grands principes régissent son système : celui des *conditionnements* et celui de la *faculté maîtresse*. Ils apparaîtront presque trop grossièrement dans ses deux ouvrages de critique littéraire, son *Essai sur les Fables de La Fontaine* (1853) et son *Histoire de la littérature anglaise* (1856) où les auteurs et leurs œuvres sont « expliqués » par le triple jeu de conditionnement de la race, du milieu et du moment. Abordant les domaines de l'esthétique (*Philosophie de l'art*, 1865), de la psychologie (*De l'intelligence*, 1870) ou de l'histoire (*Les Origines de la France contemporaine*, 1873-1894), Taine restera fidèle à ce système étroitement déterministe qui, en dépit de simplifications abusives qu'attaquera Sainte-Beuve notamment, fera école jusqu'à la fin du siècle.

A lire quelques pages célèbres de *L'Avenir de la science* de Renan (ouvrage rédigé en 1848 mais paru seulement en 1890) on pourrait croire ce dernier aussi froidement systématique que son contemporain. N'écrit-il pas :

« Sans doute les patientes investigations de l'observateur, les chiffres qu'accumule l'astronome, les longues énumérations du naturaliste ne sont guère propres à réveiller le sentiment du beau : le beau n'est pas dans l'analyse ; mais le beau réel, celui qui ne repose pas sur les fictions de la fantaisie humaine, est caché dans les résultats de l'analyse. »

En réalité, chez ce philologue breton ami de Marcelin Berthelot, chez ce sceptique sensible chez qui la science de la religion faisait bon ménage avec la religion de la science, l'esprit critique ne se laissa jamais étouffer par les exigences de la méthodologie. Fervent disciple de la déesse Science, il sait rester nuancé dans ses déductions et ses conclusions : « Je veux, écrit-il modestement, présenter comme certain ce qui est certain, comme probable ce qui est probable, comme possible ce qui est possible. » On lui doit de nombreux ouvrages historiques où il s'efforce d'analyser les phénomènes religieux en tant que faits d'histoire interprétables, comme les autres, à partir de documents écrits ou de traces archéologiques (*La Vie de Jésus* notamment (1863), premier tome de l'*Histoire des origines du christianisme* qu'il achèvera en 1881). Mais il a influencé aussi les premières recherches scientifiques en matière de philologie avec la publication en 1858 d'un *Essai sur l'origine du langage*. Le Renan vieillissant, d'après 1870, évoluera pourtant vers une pensée beaucoup plus relativiste et l'on pourra même s'étonner de lire sous sa plume, dans une célèbre *Prière sur l'Acropole* parue dans ses *Souvenirs d'enfance et de jeunesse* en 1883, un hymne lyrique à la beauté qui contraste singulièrement avec les textes scientistes de 1848 :

> « O noblesse, ô beauté simple et vraie ! déesse dont le culte signifie raison et sagesse, toi dont le temple est une leçon éternelle de conscience et de sincérité, j'arrive tard au seuil de tes mystères ; j'apporte à ton autel beaucoup de remords. Pour te trouver, il m'a fallu des recherches infinies... »

Il est vrai que dans l'intervalle la science avait montré ce qu'elle pouvait apporter au domaine littéraire mais révélé aussi ses faiblesses et ses limites dans un « ordre » qui ne sera jamais pleinement le sien.

Chapitre II

RÉALISME ET NATURALISME

I. — Flaubert (1821-1880) et l'aboutissement du réalisme

« Il y a en moi, littérairement parlant, deux bonshommes distincts : un qui est épris de gueulades, de lyrisme, de grands vols d'aigles, de toutes les sonorités de la phrase et des sommets de l'idée ; un autre qui creuse et fouille le vrai tant qu'il peut, qui aime à accuser le petit fait vrai aussi puissamment que le grand, qui voudrait vous faire sentir presque matériellement les choses qu'il reproduit. »

Admirable définition que celle que Flaubert donnait de lui-même en 1852. Né en 1821 à Rouen, il montre en effet dès sa jeunesse un tempérament dont l'ardeur est proche encore de celle des romantiques : passion violente pour Elisa Schlésinger, admiration vive pour Hugo, Byron et Goethe, rédaction de récits impétueux ou désespérés comme *Smarh* (1839) ou *Les Mémoires d'un fou* (1838). Mais quand, à partir de 1844, il se retire dans la propriété familiale de Croisset, décidé à se consacrer totalement à son travail d'écrivain, le profil de Flaubert semble changer. Sous les traits de l'adulte fasciné par le progrès des sciences biologiques et séduit par la théorie du déterminisme physiologique reparaît le visage de l'enfant élevé pendant des années dans le milieu médical de l'Hôtel-Dieu de Rouen où son père exerçait la chirurgie. Là va s'enraciner le mythe d'un Flaubert acharné à plier la littérature aux lois de la science et décidé à faire avec les mots « aussi vrai » qu'avec les choses de la vie. Mais les images de l'écrivain noyé dans sa documentation livresque ou livré aux violences de l'arsenic qu'il a goûté avant d'écrire l'agonie d'Emma, pour aussi explicites qu'elles soient, n'en sont pas moins simplistes et réductrices. L'immense *Correspondance* que pendant toute sa vie Flaubert entretint avec quelques amis privilégiés, tels Louise Colet, L. Bouilhet ou M. du Camp, laisse entrevoir un personnage et un dessein littéraire beaucoup plus complexes.

Certes on ne peut sérieusement douter que l'œuvre de Flaubert ne soit le prolongement, ou mieux le dépassement, du réalisme balzacien et stendhalien, en tant qu'école de fidélité au réel et d'objectivité. Il y a chez ce lecteur des Idéologues, amateur éclairé de physiologie et de pathologie, le souci constant de porter sur la vie un « coup d'œil médical » que la création rigoureuse de l'œuvre littéraire restituera. En ce sens rien chez lui, fût-ce dans une œuvre d'imagination et de passion comme *Salammbô* (1862), n'est abandonné au hasard : chaque description, chaque détail historique ou pittoresque est le fruit d'une documentation et d'une observation approfondies. *L'Education sentimentale*, parue en 1869, lui a coûté des centaines d'heures de dépouillement de revues politiques pour restituer au plus près l'atmosphère parisienne des années 1840-1850. Quant aux célèbres descriptions de *Madame Bovary* (1857), chef-d'œuvre du roman réaliste, elles prouvent assez combien Flaubert est parvenu à maîtriser avec un égal bonheur l'exhaustivité balzacienne et la finesse stendhalienne. Ici le regard de l'écrivain se laisse aller à une minutieuse décomposition de l'objet :

« Emma l'écoutait, en faisant tourner machinalement l'abat-jour de la lampe, où étaient peints sur la gaze des pierrots dans des voitures et des danseuses de corde, avec leurs balanciers. »

Là il se dérobe derrière celui de tel ou tel personnage, de Charles par exemple, grâce auquel nous voyons apparaître Emma pour la première fois :

« Une jeune femme en robe de mérinos bleu, garnie de trois volants, vint sur le seuil de la maison pour le recevoir. (...) Charles fut surpris de la blancheur de ses ongles. Ils étaient brillants, fins du bout, plus nettoyés que les ivoires de Dieppe, et taillés en amande. Sa main pourtant n'était pas belle, point assez pâle, peut-être, et un peu sèche aux phalanges. »

Là enfin, il se fait ample et complaisant, au gré de ces grands tableaux détaillés — les noces d'Emma, le bal à la Vaubyessard, la soirée lyrique à Rouen — qui répondent parfaitement à la définition d'une littérature objective et « exposante » : « Il faut faire des tableaux, écrit Flaubert, montrer la nature telle qu'elle est, mais des tableaux complets, peindre le dessus et le dessous des choses. » C'est sûrement à cette volonté d'écrire « tout et naturellement » que Zola songeait quand, dans un article de novembre 1875, il saluait en Flaubert le grand initiateur du naturalisme et en *Madame Bovary* le chef-d'œuvre de l' « école » :

« Le premier caractère du roman naturaliste, dont *Madame Bovary* est le type, est la reproduction exacte de la vie, l'absence de tout élément romanesque. (...) C'est un monument d'art et de science. C'est la vie exacte. »

Encore faut-il s'entendre sur cette « absence de tout élément romanesque » justement relevée par Zola. Il ne s'agit pas seulement chez Flaubert d'une épuration des conventions et des facilités du romanesque traditionnel, romantique notamment, mais encore d'un singulier détachement du créateur à l'égard de l'univers de son roman. Ce que donne à voir chacun de ses livres, beaucoup plus qu'une réalité historique ou sociale, c'est son propre regard ironique, déçu ou méprisant, sur un monde cerné par lui dans l'espace du roman. Rien de plus significatif à cet égard que le dédain qu'il affiche pour tous ses personnages : se moquant ici des rêves débridés d'Emma tout autant que de la médiocrité de Charles et d'Homais ; ironisant là sur la pusillanimité de Frédéric Moreau, héros sans héroïsme, sorte de Rastignac qui aurait perdu toute ardeur et toutes convictions ; manipulant encore dans *Bouvard et Pécuchet* (1881) les mille et une formes de la bêtise des petits bourgeois. Ceci explique peut-être que tous ses romans soient à la fois des échecs littéraires et des romans de l'échec : échecs sentimental ou professionnel dans *Madame Bovary* ou dans *Bouvard et Pécuchet*, échecs héroïque ou historique dans *Salammbô* ou dans *L'Education sentimentale*. La fascination d'un réel à transcrire se prolonge inévitablement chez Flaubert en une indifférence, voire une haine, pour la réalité transcrite mais toujours insuffisante, à tel point que sa volonté d'objectivité peut s'achever en d'étonnantes aspirations teintées d'idéalisme esthétique ou de « nihilisme » littéraire :

« Ce qui me semble beau, ce que je voudrais faire, c'est un livre sur rien, un livre sans attache extérieure, qui se tiendrait de lui-même par la force interne de son style. »

Curieux réalisme que celui qui se professe comme un hymne à la Beauté et qui semble vouloir ne retenir de la réalité des choses qu'un prétexte à l'expression de l'idéalité qu'elles contiennent : « Je voudrais écrire tout ce que je vois, mais non tel qu'il est, mais transfiguré ! » Comment dès lors concilier cette « transfiguration » avec le prétendu « coup d'œil médical de la vie »?

La duplicité des romans de Flaubert n'est pas niable ; elle en constitue au contraire l'originalité. D'un côté, en tant que récits, ce sont des objets littéraires qui tous racontent « quelque chose » ; mais de l'autre, en tant que discours, ce sont des œuvres où, dit leur auteur lui-même, « le style est à lui seul une manière absolue de voir les choses ». Et l'on sait ce que cela signifiait d'abord pour Flaubert comme énorme travail d'élaboration formelle.

« Il écoutait, dit Maupassant décrivant l'épreuve du « gueuloir », le rythme de sa prose, s'arrêtant pour saisir une sonorité fuyante, combinant les tons, éloignant les assonances, disposant les virgules avec conscience, comme les haltes d'un long chemin. »

Mais plus profondément, cet impitoyable perfectionnisme formel montre que pour Flaubert le style n'est plus seulement le moyen d'expression d'une pensée, mais *est* cette pensée même. On a suffisamment dit de ses romans qu'ils étaient vides de toute action réelle et substantielle. Zola le premier l'avait souligné :

« Même toute intrigue manque, si simple qu'elle soit. Ce roman va devant lui, contant les choses au jour le jour (...) offrant tout au plus la matière d'un fait divers. »

De fait l'intrigue de *Madame Bovary*, héritée de la chronique judiciaire d'une gazette, est d'une extrême maigreur, c'est le roman de l'insignifiance ; et celle de *L'Education sentimentale* n'est faite que de l'inactivité et de la passivité rêveuses du héros, c'est le roman de l'inconsistance. Mais chaque fois l'action est ailleurs, dans ce travail souterrain de l'art et de la technique verbale qui réussissent à exprimer dans l'épaisseur des mots de la « plus singulière fontaine pétrifiante de notre littérature » (J. Prévost) la vie ou la torpeur de la matière, du quotidien, qui entourent les personnages du roman. Quand Emma et Léon se promènent amoureusement, Flaubert ne nous donne ni analyse psychologique du couple, ni récit événementiel précis de la scène. L'expression semble manquer... Mais la description ici se substitue à l'action ; elle devient l'action même ; par sa minutie et la langueur de ses imparfaits elle suggère mieux que tout, sans la dire, l'intensité sentimentale :

« Quelquefois sur la pointe des joncs ou sur la feuille des nénuphars, un insecte à pattes fines marchait ou se posait. Le soleil traversait d'un rayon les petits globules bleus des ondes qui se succédaient en se crevant. (...) Des ravenelles avaient poussé, et, du bord de son ombrelle déployée, Mme Bovary, tout en passant, faisait s'égrener en poussière jaune un peu de leurs fleurs flétries. »

Pareillement, si l'intrigue de la seconde *Education sentimentale* se dilue dans l'impuissance, la banalité passionnelle et les rêves médiocres du héros (« Frédéric pense tout ce qu'on pense, et rêve tout ce qu'on rêve... ») c'est bien que cette intrigue ne saurait constituer pleinement le sujet du roman, pas plus que les mots ou les phrases de Flaubert n'en constituent vraiment la matière, qui est à deviner plutôt dans les blancs et derrière les silences : « A mon avis, écrit Proust, la plus belle chose de *L'Education sentimentale*, ce n'est pas une phrase mais un blanc. » Seule, dans ce roman déconcertant, l'interminable longueur et langueur du temps est réellement présente, jusqu'à devenir, comme l'écrit Lukács, le vrai sujet du texte :

« La vie de Frédéric Moreau est tout aussi inconsistante que le monde qui l'entoure ; ni dans l'ordre du lyrisme, ni sur le plan de la contestation, son intériorité ne possède de puissance pathétique capable de faire contrepoids à cette inanité. C'est le cours du temps non entravé et ininterrompu qui est le principe unificateur qui polit tous les fragments hétérogènes du roman et les relie. »

Dès lors, comment situer dans l'histoire du réalisme cette œuvre ambiguë ? En pleine génération naturaliste, de 1874 à 1881, Flaubert rédigera trois livres qui pourraient passer pour trois manifestes de l'antiréalisme ou pour trois caricatures dérisoires : *La Tentation de saint Antoine* (1874), *Trois contes* (1877) et *Bouvard et Pécuchet* (1881). Pourtant Zola va annexer cette œuvre avec enthousiasme et clamer sur tous les tons que Flaubert est le père du naturalisme. Pour aussi séduisante qu'elle soit, cette perspective n'est guère acceptable et relève d'un malentendu. Si la littérature fut réellement pour l'auteur de *Madame Bovary* le lieu d'une expérimentation, celle-ci fut beaucoup plus une expérimentation sur le langage qu'une expérience sur la réalité. Le style, plus que cette réalité des choses, fut le lieu de la démiurgie flaubertienne. Et si l'on voulait à tout prix voir en l'écrivain un quelconque initiateur, c'est du côté de chez Mallarmé ou de chez Proust, beaucoup plus que dans les œuvres des Goncourt et de Zola, qu'il faudrait chercher les prémices d'une modernité littéraire dont Baudelaire, à la même époque, fraya également le chemin.

II. — Les expériences naturalistes

On ne lit plus guère aujourd'hui l'œuvre des frères de Goncourt, si ce n'est le *Journal* qu'Edmond (1822-1896) continua de rédiger après la mort de son frère cadet Jules (1830-1870). A défaut d'appartenir au corpus de l'école naturaliste, les romans des deux frères, admirateurs passionnés de Flaubert, en constituent les prémices les plus remarquables. Venus de l'histoire (ils rédigèrent une *Histoire de la société pendant la Révolution* et une *Histoire de l'art français du XVIII*e *siècle*) les Goncourt veulent précisément appliquer au roman la méthode historique : accumulation de documents, exploitation systématique, rigueur démonstrative. « Les historiens, disent-ils, sont les raconteurs du passé ; les romanciers sont les raconteurs du présent. » Les deux frères vont s'atteler à cette tâche avec le souci premier de traquer impitoyablement la vérité des faits et des caractères. Aussi empruntent-ils directement la plupart de leurs personnages à la réalité qu'ils ont personnellement vécue : *Sœur Philomène* (1861) est l'histoire d'une infirmière de l'hôpital de Rouen qui leur fut rapportée par L. Bouilhet, *Germinie Lacerteux* (1865) a les traits de l'une de leurs anciennes bonnes et *Renée Mauperin* (1864) ceux d'une amie d'enfance. Leur respect scrupuleux du « vrai » ne se dément pas dans l'évocation qu'ils font, rigoureuse mais complaisante, des bas-fonds et des basses classes sociales. Partout leur expérience précède leur écriture : ils se rendent dans les hôpitaux avant d'entreprendre *Sœur Philomène*, vont chez les artistes de Barbizon avant de rédiger *Manette Salomon* (1867) et fréquentent les plus sordides milieux banlieusards avant d'écrire *Germinie Lacerteux*. Ce qui les intéresse là n'est d'ailleurs pas seulement telle ou telle « matière sociale » mais encore un certain nombre de « cas » relevant beaucoup plus d'un diagnostic physiopathologique que d'une approche sociologique. « Toute notre œuvre, ont-ils déclaré, repose sur la maladie nerveuse... » De fait, on relèvera dans leurs romans ce goût constant pour tout ce qui échappe à la normalité, cette fascination pour la cristallisation en un corps ou en un cerveau de maux qui ne sont peut-être d'ailleurs que les métaphores des « maladies sociales ». Zola, dans *Les Rougon-Macquart*, se souviendra de ces récits qui ne progressent qu'au rythme de la lente mais inexorable dégradation mentale et physique d'un individu : l'hystérie de *Germinie Lacerteux*, la folie précoce de *Charles Demailly* (1860) ou les doubles progrès de la phtisie et de la « paranoïa mystique » de *Madame Gervaisais* (1869).

Pour rendre compte le plus fidèlement possible de toutes les nuances des portraits ou des tableaux qu'ils avaient à faire les Goncourt ont voulu se donner un style nouveau qu'ils appellent « l'écriture artiste ». Le but est de créer chez le lecteur « la plus vive impression du vrai humain ». Mais les dialogues bavards, les longs retours en arrière, les descriptions surchargées, les incorrections volontaires, voire la préciosité du style (qui n'est pas sans annoncer parfois l'écriture « décadente » des années 1880) montrent surtout les limites d'une expérience qui rejoint l'artificialité en prétendant à la véracité totale. Du naturalisme l'œuvre des Goncourt montre d'ailleurs avant l'heure les deux excès qui ne pouvaient que le ruiner : un aspect scientiste très vite désuet, très difficilement conciliable avec les exigences de l'écriture littéraire, et une complaisance dans un réalisme de la laideur et de l'anormalité très vite affligeante ou mutilante. Zola, heureusement, devait voir plus loin et autrement.

C'est pourtant, selon Emile Zola lui-même (1840-1902), la lecture de *Germinie Lacerteux* qui aurait suscité l'avènement de sa propre création romanesque. Mais les influences qui se sont exercées sur celui qui, dès 1867 et la publication de *Thérèse Raquin*, apparaît comme le chef de file de l'école naturaliste (dont les principales figures seront celles d'H. Céard, de P. Alexis, de J. K. Huysmans et bien sûr de Maupassant), étaient plus sérieuses et plus anciennes. Celle de Flaubert d'abord, qu'il vénérait comme un maître et un précurseur. Celle aussi d'autres « idoles » que Zola loua souvent à juste titre mais parfois avec un enthouisasme qui paraît aujourd'hui naïf : Auguste Comte dont il saura concilier le positivisme avec le pathétisme littéraire, Darwin dont les travaux sur l'évolution des espèces le fascinèrent, Claude Bernard dont l'*Introduction à la médecine expérimentale* marqua toute sa théorie littéraire, mais encore le Dr Lucas dont les études sur l'hérédité l'entraînèrent dans bien des démonstrations hasardeuses. Toujours est-il que de ces travaux d'ordre essentiellement scientifique Zola a prétendu tirer des applications exploitables dans le vaste champ d'expérience que pouvait lui fournir la littérature. C'est dans cette volonté de transposition des principes et des méthodes que s'enracine sa théorie naturaliste qu'il précisera dans deux ouvrages : *Les Romanciers naturalistes* (1881) et surtout *Le Roman expérimental* (1880).

Désormais, pense Zola, le romancier ne doit plus, comme le faisaient les réalistes, se contenter d'observer et de reproduire le réel, fût-ce avec minutie, il doit encore en faire l'expérimentation : « Le roman naturaliste est une expérience véritable que le romancier fait sur l'homme en s'aidant de l'observation. » Comme le naturaliste qui observe et sélectionne les espèces animales ou végétales, le romancier peut désormais manipuler à sa guise les espèces humaines :

« Un roman expérimental est simplement le procès-verbal de l'expérience que le romancier répète sous les yeux du public. En somme, toute l'opération consiste à prendre les faits dans la nature, puis à étudier le mécanisme des faits, en agissant sur eux par les modifications des circonstances et des milieux. »

Zola n'ignorait bien sûr pas qu'à la différence du savant, le romancier est détenteur à la fois des causes et des effets de son expérimentation. Aussi conçoit-il plus exactement celle-ci comme une sorte de variation imaginaire dont la réalité apporte la caution et authentifie les résultats.

Le domaine de l'expérimentation choisi par Zola est la société contemporaine : le monde contrasté et changeant du Second Empire, cette « étrange époque de folie et de honte », ses mœurs, ses classes, ses individus. Sa grande œuvre, *Les Rougon-Macquart*, faite d'une vingtaine de romans écrits de 1871 à 1893, est ainsi sous-titrée *Histoire naturelle et sociale d'une famille sous le Second Empire*. A travers cinq générations successives, et dans l'entrelacement d'une double chronologique historique et familiale, le romancier nous fait assister au déploiement de ce qu'il appelle « les ambitions et les appétits d'une famille, déterminée par les fatalités de la descendance et par les fièvres de l'époque. » Déterminisme physiologique et contraintes sociales, telles sont apparemment les deux grandes lignes de force d'un ensemble qui par ailleurs, comme si Zola avait voulu faire concurrence à la grande unité de *La Comédie humaine*, est très structuré par la filiation des personnages.

Mais les principes scientifiques sur lesquels l'expérience naturaliste était fondée sont aujourd'hui souvent si dépassés qu'il ne convient pas de juger l'œuvre de Zola à travers eux seuls. Que vaudrait-elle en effet si elle ne valait qu'en tant qu'illustration des thèses de Lucas ou de Letourneau... ? Mais cette œuvre, au même titre que celles de Hugo et de Balzac, est également l'une des plus visionnaires et des plus épiques de notre littérature, sans qu'elle ne renie d'ailleurs en cela ses principes théoriques. « Une œuvre d'art, écrit Zola, est un coin de la création vu à travers un tempérament. » Or le tempérament de l'auteur de *L'Assommoir* (1877) est celui d'un historien doublé d'un voyant. Loin d'être annulée, l'imagination, chez Zola, met en scène dramatiquement les fruits de l'observation et de l'expérience. Si on le sent besogneux parfois dans l'analyse trop souvent répétée des phénomènes de dégradation de l'individu, si on le devine esclave quelquefois de la démesure de sa documentation, c'est que son génie est ailleurs. Zola est un grand romancier pour avoir su comprendre et orchestrer dans l'espace du roman les grandes mouvances historiques de l'avènement de la société industrielle, pour en avoir pressenti tous les conflits latents. Il est inégalable ainsi quand il évoque la détermination des grévistes de *Germinal* (1885), ne se contentant pas d'un regard de voyeur sur ce monde méprisé des travailleurs, mais suggérant par sa vision toute la puissance « poétique » d'une classe sociale :

« Oui, l'ouvrier qui serre les poings et qui provoque un camarade sur nos boulevards extérieurs est un véritable héros d'Homère, Achille injuriant Hector. (...) On ne sait point encore quel cadre vaste et puissant peuvent être les mœurs de nos faubourgs ; les drames y ont une force et une largeur incomparables : toutes les émotions humaines y sont. »

Aussi, et contrairement aux romans balzaciens et surtout stendhaliens, les personnages ne sont-ils pas premiers dans l'univers romanesque de Zola. Plus que les visages de Gervaise, de Lantier ou de Mouret, ce sont les forces anonymes d'une époque, les mythes fascinants d'un monde nouveau qui emplissent et font vibrer toute son œuvre : les Halles monstrueuses du *Ventre de Paris* (1871), les labyrinthiques magasins de *Au bonheur des dames* (1881), l'argent maléfique et conquérant de *La Curée* (1871), le Paris de jeu et de chair de *Nana* (1880), la mine de *Germinal*. Certes Zola affectionne les analyses de cas pathologiques précis et n'hésite pas à investir tous ses fantasmes personnels (fécondité, inceste, meurtre, folie, etc.) dans plus d'un de ses personnages ; mais dans tous les cas l'essentiel est que le drame de l'individu est élevé par le roman à la dimension d'un mythe collectif : ainsi derrière la trouble passion de Jacques Lantier pour sa Lison, locomotive aux traits de « bête humaine », c'est la fascination, la peur et la servitude aliénante de l'homme devant la machine qui transparaissent déjà.

Sur la fin de sa vie Zola devait montrer que les principes de son naturalisme romanesque n'étaient pas incompatibles avec ceux d'un naturalisme philosophique, moral ou même militant. Dénonciateur dans *Les Trois Villes* (*Lourdes*, *Rome*, *Paris*, 1894-1898) des tyrannies de l'Eglise ou nouveau « messie » des *Quatre évangiles* de la modernité laïque (*Fécondité*, *Travail*, *Vérité*, *Justice*, 1899-1902), il restera jusqu'au bout cohérent avec lui-même, dans ses thèses et dans ses engagements. Son célèbre éditorial de *L'Aurore* du 13 janvier 1898, « J'Accuse », lors de l'affaire Dreyfus, avait déjà prouvé que lui qui s'était donné pour but d'écrivain « d'inventer dans l'épaisseur de la réalité » savait aussi que « le politique n'est pas la dimension par où l'être de l'homme échappe à la nature, c'est celle par où il la retrouve et se replonge en elle ». Quand, en 1902, Anatole France déclara devant sa tombe que « Zola fut un moment de la conscience humaine », l'emphase de son propos avait au moins le mérite de rendre hommage à l'une des plus lucides prises de conscience de tous les phénomènes décisifs qui venaient d'avoir lieu — en l'espace de deux générations — dans notre société française.

III. — Figures du réalisme et du naturalisme

Nombreuses sont autour des grands romanciers que nous venons d'évoquer les figures des petits et des obscurs qui menèrent, souvent avec succès, la « bataille du réalisme » dans les années 1850-1870. **Henri Murger** (1822-1861) par exemple, qui connut un immense succès en 1848 avec ses *Scènes de la vie de bohème*. **Champfleury** (1821-1889) ensuite, dont les plus célèbres chroniques romanesques (*Les aventures de Mlle Mariette* ou *Les souffrances du Pr Deteil*) sont écrites contre tout l'appareil du romanesque traditionnel : ses poncifs, sa sentimentalité, ses « missions », sa poésie même. **Duranty** encore, auteur du *Malheur d'Henriette Gérard* (1860), qui dirigea avec Champfleury en 1857 une éphémère revue, *Le Réalisme*, où se lurent les grands mots d'ordre d'un réalisme théorique, prônant au nom du « vrai-utile » « la reproduction exacte, complète, sincère, du milieu où l'on vit, parce qu'une telle direction d'études est justifiée par la raison, les besoins de l'intelligence et l'intérêt du public ».

Plus intéressante nous paraît l'œuvre d'**A. Daudet** (1840-1897) en ce sens qu'elle montre comment l'étroitesse apparente des voies réaliste et naturaliste n'était pas incompatible avec une certaine forme de poésie. Daudet fut certes un auteur de romans de mœurs, à la manière des Goncourt et de Zola, tels *Le Nabab* ou *Sapho*. Mais sa verve provençale et son humour l'ont toujours empêché de sombrer dans le pessimisme ou le scientisme sclérosé. Aussi la postérité se souvient-elle surtout de lui comme de l'auteur des succulentes *Lettres de mon moulin* (1869), du *Petit Chose* (1868), des *Contes du lundi* (1873) ou de *Tartarin de Tarascon* (1872), autant de textes qui mêlent à plaisir les qualités de l'observateur pertinent et les dons du savoureux « poète de terroir » qu'il fut.

L'originalité de **Maupassant** (1850-1893) est, à l'inverse de celle de Daudet, d'avoir été jusqu'aux limites de l'expérience réaliste et naturaliste. Cet admirateur de Balzac et disciple de Zola aux « soirées de Médan » fut en fait surtout marqué par les leçons qu'il reçut directement de Flaubert. De la technique de ce dernier il gardera toujours cet acharnement à la mise en valeur des détails significatifs et le souci d'une expression à la fois réaliste et originale :

« Il me forçait à exprimer, en quelques phrases, un être ou un objet de manière à le particulariser nettement, à le distinguer de tous les autres êtres ou de tous les autres objets de même race ou de même espèce. »

Encouragé par le succès de *Boule de suif* (1880) il publie ensuite une série de contes conçus comme des sortes d'études de mœurs des paysans normands. Dans ces narrations souvent brèves, comme *La Ficelle* ou *La bête à Maître Belhomme*, se montre partout le goût de l'auteur pour le détail approprié, évocateur, inquiétant même : « Le réaliste, écrit-il, s'il est artiste, cherchera non pas à nous donner la photographie de la vie, mais à nous en donner la vision la plus complète, plus saisissante et plus probante que la réalité même. » Or cette vision participe chez Maupassant d'une espèce de nihilisme qui voit le romancier nier les promesses de la science et du génie humain aussi bien que Dieu et les duperies de la religion : « Le monde ne montre partout que l'éternelle, l'universelle, l'indestructible et omnipotente bêtise. » C'est de ce pessimisme noir qu'est marquée l'écriture des grands romans que sont *Bel-Ami* (1885) ou *Pierre et Jean* (1880). Mais c'est sans doute dans ses dernières nouvelles, terriblement angoissées, comme *La Peur* ou *Le Horla*, que se lit le plus toute la détresse du créateur. A la manière de ses personnages fous ou hallucinés, l'écrivain se perd de douleur devant la monstruosité qu'ils pressent dans la réalité et dans sa propre personne. Incapable de dominer le réel et d'en venir à bout par l'écriture, il peut s'écrier comme la victime du *Horla* : « Il n'est pas mort, alors... alors... il va donc falloir que je me tue, moi ! » Il mourra fou, en 1893, dans la tristement célèbre clinique du Dr Blanche.

Ajoutons à ce florilège du réalisme et du naturalisme le nom de **Jules Vallès** (1832-1885) qui, tout en restant en marge des modes littéraires du moment, laissa avec son admirable trilogie *Jacques Vingtras* (*L'Enfant*, 1879 ; *Le Bachelier*, 1881 ; *L'Insurgé*, 1886) le plus bel exemple d'une littérature de la dénonciation sociale. Sans jamais prétendre à l'objectivité systématique de ses contemporains, Vallès sut parfaitement décrire, cruellement parfois, les turpitudes, les mépris et les injustices d'une société qu'**Octave Mirbeau**, avec toute la fougue de son imagination, ou **Charles-Louis Philippe**, avec les accents d'un ressentiment plus pudique, devaient aussi stigmatiser.

Chapitre III

L'ART POUR L'ART ET LE PARNASSE CONTEMPORAIN : UNE POÉSIE RÉALISTE ?

I. — Séductions et refus

Il est tentant pour l'esprit de faire de l'entreprise du Parnasse la face poétique du réalisme. Peu d'éléments pourtant autorisent cet amalgame si ce n'est le fait que les poètes de la génération de 1850-1870 ne pouvaient ignorer tout ce qui séduisait à la même époque leurs contemporains romanciers : la science, la vérité, la méthode et l'éternel mirage de l'objectivité littéraire. Cela dit, ce n'est pas parce que Leconte de Lisle et Champfleury ont rédigé à six mois d'intervalle leurs grandes proclamations théoriques que l'on est en droit de faire du premier et de ses amis les concurrents de Zola et des Goncourt dans la course au réel. Disons que le climat et les débats théoriques du début de la seconde moitié du siècle ont amené certains poètes à réfléchir de manière nouvelle à la nature du langage poétique et au sens de son travail. C'est par là que le réalisme ou le positivisme ont pu influencer le Parnasse mais ils ne l'ont pas suscité et peuvent encore moins suffire à le justifier et à l'expliquer.

Beaucoup plus déterminant dans l'avènement

de ce nouveau courant poétique fut l'essoufflement du romantisme lui-même. Par ses excès, par ses débordements, le romantisme devait en effet susciter de lui-même sa propre réaction. L'itinéraire poétique de Théophile Gautier (1811-1872) est à cet égard exemplaire. Lui qui avait été l'un des plus farouches défenseurs des « Modernes » au temps de « la bataille d'*Hernani* » prit vite conscience des faiblesses et des limites de l'expérience romantique : l'immodération du lyrisme, la complaisance dans un pittoresque ou un exotisme de conventions, le « divertissement » inefficace de l'engagement social ou politique.

Sa théorie dite de « l'Art pour l'Art » est ainsi la première, avant celle des Parnassiens, à déplacer le lieu et l'enjeu de la pratique poétique des profondeurs spécieuses ou inconvenantes du cœur aux extérieurs plus sereins et plus innocents de l'espace et des objets. Ses deux principaux recueils, imprégnés de toute son inspiration de voyageur attentif et cultivé, *Espana* (1845) et *Emaux et Camées* (1852), marquent ainsi le retour à une poésie où l'expressiou l'emporte sur l'émotion, la plastique sur le message. Poésie, on le devine, fondée sur la rigueur et la qualité d'un travail quelquefois sacrifié par la facilité des romantiques :

> « Oui, l'œuvre sort plus belle
> D'une forme au travail
> Rebelle,
> Vers, marbre, onyx, émail. »

C'est dans cette sorte de remords ou de mauvaise conscience du romantisme à l'égard de lui-même, dont témoigne l'œuvre poétique de Gautier, qu'il faut chercher l'origine du « renouveau » parnassien. Le culte de l'esthétique en sera désormais la caractéristique première.

II. — Leconte de Lisle : le maître

Gautier fut le précurseur du Parnasse ; Leconte de Lisle (1818-1894) en fut le maître, reconnu et admiré. Les déceptions, politiques notamment, qui jalonnent la carrière de ce poète d'origine réunionnaise expliquent sans doute pourquoi son œuvre, plus encore que celle de l'auteur d'*Espana*, a délibérément tourné le dos au « thème personnel et à ses variations trop répétées... ». La poésie pour Leconte de Lisle est avant tout acte de pudeur, de maîtrise et de retenue :

> « Dans mon orgueil muet, dans ma tombe sans gloire,
> Dussé-je m'engloutir pour l'éternité noire,
> Je ne te vendrai pas mon ivresse ou mon mal ! »

Conçue comme abri contre les agressions de la réalité et comme distance par rapport à la vertigineuse intimité du Moi, c'est dans « la contemplation sereine des formes divines » que se fonde cette poésie de discrétion. Entendons par là que seuls de grands sujets « impersonnels » ou de grands thèmes « éternels » y sont soumis aux pouvoirs de l'inspiration. Les *Poèmes antiques* (1852), qui cherchent à restituer l'histoire, la philosophie et la civilisation des mondes hindou et grec, comme les *Poèmes barbares* (1862) qui embrassent plus largement encore le faisceau des civilisations disparues, de l'Israël biblique à l'Italie renaissante, montrent ainsi la voie d'un double « dépaysement » historique et culturel. Par là le poète prétend se défendre contre ce pessimisme du quotidien qui le hante et qu'il ne parvient pas toujours pourtant à surmonter :

> « Ah ! Tout cela, jeunesse, amour, joie et pensée (...)
> *Qu'est-ce que tout cela, qui n'est pas éternel ?* »

Mais les choix thématiques de Leconte de Lisle ne sont pas les seuls signes déterminants de sa poétique. La « dépersonnalisation » des motifs et des sujets de l'œuvre ne fait qu'un chez lui, comme chez Gautier, avec le désir de susciter dans le poème l'avènement de la Beauté pure, absolue et transcendante. Pour réaliser ce dessein, les progrès de la science et l'approfondissement de ses méthodes lui paraissent un encouragement et une incitation : « L'Art et la Science, écrit-il, longtemps séparés par suite d'efforts divergents de l'intelligence, doivent tendre à s'unir étroitement si ce n'est à se confondre. » Le travail poétique, qui est l'unique instrument de production de l'objectivité esthétique, peut à ses yeux contribuer par sa minutie et son sérieux à réconcilier les libertés et les hasards de la poésie avec la rigueur de la science. Pour ce faire le poète devra s'astreindre, comme l'historien, à l'étude des faits et des documents, et devra surtout se montrer habile et scrupuleux technicien du vers. La Beauté parfaite a son prix : cultiver une forme sans défaut, renoncer à toutes les complaisances rhétoriques, assagir et épurer la versification.

Cette mystique de la Beauté et cette intransigeance rhétorique n'ont pourtant pas empêché Leconte de Lisle d'être aussi un poète sensible, inquiet, nostalgique. La manifestation d'une émotion et d'un regard authentiques, dans ses réalisations de poète animalier notamment, ne font sans doute pas toujours oublier les lourdeurs de l'érudition et du formalisme gratuit. Elle prouve en tout cas que la vraie poésie, irréductible à un simple jeu technique, survit à ses déviations et à ses égarements, aussi bien intentionnés soient-ils.

III. — Le groupe du Parnasse

Doctrinaire sévère et artiste fort doué, Leconte de Lisle devait être l'âme du groupe de ceux que l'on appelle les Parnassiens, du nom de la revue de l'éditeur Lemerre, *Le Parnasse contemporain*, qui, en 1866, regroupe pour la première fois les textes épars de trente-sept poètes. Pas plus que les romantiques, les Parnassiens ne forment pourtant une école. Leur groupe, simple reflet de « la poésie d'un moment », ne réunit-il pas sous un même vocable des signatures aussi différentes que celles de L. Dierx, C. Mendès, S. Prudhomme mais aussi de Baudelaire, Verlaine et Mallarmé ! On entre au Parnasse avec le même enthousiasme mais on n'y parle pas forcément le même langage ; à côté de « copistes » doués, admirateurs de Gautier et de Leconte de Lisle, il y a là des « inventeurs » géniaux, les « traîtres » de demain pour qui l'expérience parnassienne ne sera finalement qu'une élémentaire propédeutique. Saluons les premiers avant d'accompagner les seconds dans leur démarche plus féconde parce qu'aussi plus difficile :

— **Théodore de Banville** (1823-1891). L'œuvre de ce grand ami de Baudelaire et de Mallarmé compte parmi les plus révélatrices de l'esprit parnassien. Courtisan de la perfection formelle dans ses *Cariatides* (1842) ou ses *Stalactites* (1846), il révèle dans ses recueils ultérieurs (*Odelettes*, 1856 ; *Odes funambulesques*, 1857) des dons de véritable virtuose et « acrobate du vers ». Son *Petit Traité de versification française* (1872) résume parfaitement la conception parnassienne du travail et du métier poétiques.

— **Sully Prudhomme** (1839-1907). Cet ingénieur converti à la poésie et futur prix Nobel eut, comme l'écrit R. Sabatier, « l'ambition de penser en vers ». Mais concilier la philosophie et la poésie n'est pas chose facile et le poids du didactisme pèse souvent, même sur ses meilleurs recueils (*Stances et poèmes*, 1865 ; *Les Solitudes*, 1869 ; *La Justice*, 1878 ; *Le Bonheur*, 1888).

— **Francois Coppée** (1842-1908) sut faire preuve de plus d'authenticité surtout dans ses œuvres d'après 1865 (*Les Intimités*, 1868 ; *Les Humbles*, 1872 ; *Promenades et intérieurs*, 1872) où se répondent souvent avec bonheur l'inspiration sentimentale et l'inspiration populaire.

— **José-Maria de Hérédia** (1842-1905), l'auteur de 118 sonnets célèbres rassemblés en 1893 sous le titre *Les Trophées*, fut sans doute le plus prestigieux des collaborateurs du Parnasse. Nul ne s'est jamais mieux servi que lui des quatorze vers de l'étroite et vieille forme poétique française. Grâce à la pureté et au raccourci de ses formulations, à la mélodie ingénieuse de ses mots, à son sens inné du rythme, il a donné au sonnet une nouvelle profondeur et en a fait l'instrument idéal de la cristallisation des images les plus somptueuses de l'histoire, du mythe et du rêve. Le tercet final, avec son dernier vers toujours splendide, se fait chez lui sublimation et épanouissement de toutes les richesses du langage :

> « Comme un coup de tonnerre au milieu du silence,
> Dans le poudroiement d'or du pollen qu'elle lance,
> S'épanouit la fleur des cactus embrasés. »
>
> *(Fleurs de feu.)*

Tantôt glaciale, tantôt brûlante, presque toujours figée dans son expression trop parfaite, la Beauté parnassienne étonne, séduit mais ne trouble pas ; elle se laisse voir, admirer, caresser comme un marbre bien poli, mais elle n'inquiète jamais, n'interroge pas, en un mot ne donne pas à penser. Peut-être ne peut-elle que *montrer* et n'a-t-elle rien à *dire*. Enfin Baudelaire vint...

Chapitre IV

DE BAUDELAIRE AUX SYMBOLISTES : ITINÉRAIRES DE LA MODERNITÉ POÉTIQUE

I. — Charles Baudelaire (1821-1867)

Que Baudelaire ait un moment collaboré à l'entreprise du Parnasse est un fait que l'on oublie trop souvent et qui est pourtant fort révélateur de sa « situation » poétique. Souvenons-nous que *Les Fleurs du mal* furent dédiées à Gautier, « le parfait magicien ès lettres françaises », et que tels vers du célèbre sonnet *La Beauté* résument, à peu de chose près, l'essentiel de l'esthétique parnassienne :

« Je suis belle, ô mortels ! comme un rêve de pierre, (...)
Les poètes, devant mes grandes attitudes,
Que j'ai l'air d'emprunter aux plus fiers monuments,
Consumeront leurs jours en d'austères études. »

Par ses dates Baudelaire appartient en effet à cette génération de poètes qui vont éprouver un malaise devant le phénomène romantique. Leurs tempéraments, leurs lectures, leurs comportements font encore d'eux des romantiques, mais les excès mêmes du romantisme les lassent et les rebutent. Seulement, l'originalité de l'auteur ces *Fleurs du mal* sera de comprendre tout ce qu'il peut y avoir d'excessif dans la réaction antiromantique elle-même, de soupçonner qu'il est vain de s'en prendre aux abus de l'émotion si c'est pour se complaire dans ceux de la forme, qu'il est dérisoire de stigmatiser une générosité inefficace si c'est pour s'enfermer dans une gratuité stérile. Admettant que l'émotion incontrôlée est poétiquement « dangereuse », mais comprenant aussi que le culte du formalisme pur est insignifiant, Baudelaire va s'efforcer de penser de nouveaux rapports entre l'émotion et le langage, l'inspiration et l'expression. En cela il est le premier des Modernes, le poète initiateur d'une « modernité » qui est pour lui « le transitoire, le fugitif, le contingent, la moitié de l'art dont l'autre moitié est l'éternel et l'immuable. »

Quelques épisodes de l'existence de Baudelaire n'ont pas manqué de laisser leur empreinte sur son œuvre poétique. Très tôt orphelin de père, il restera fortement traumatisé par le remariage de sa mère avec le fameux général Aupick. A une enfance solitaire et taciturne succède à Paris une vie de dandy au sein de la bohème débauchée de l'époque, au grand dam de sa bourgeoise famille qui espère, en 1841, qu'un voyage aux îles assagira et « soignera » le fils prodigue. Las ! En plus d'une provision d'images et de paysages fascinants, le jeune Baudelaire en rapporte le goût pour un certain dépaysement exotique qui s'incarne dans le choix qu'il fait de sa maîtresse, Jeanne Duval, capricieuse mulâtresse et volage compagne... Indignée par tant de débauche, sa famille le fait priver juridiquement de ses ressources financières. Condamné à travailler pour vivre, Baudelaire se lance dans la critique littéraire et artistique ; contraint de gagner sa nourriture il est aussi contraint à exercer chaque jour un peu plus la perspicacité de son jugement et à se forger au fil de ses publications (*Les Salons* notamment en 1845, 1846, 1859) une conscience esthétique tout à fait exceptionnelle dont son œuvre poétique gardera la trace. Cette œuvre c'est bien sûr *Les Fleurs du mal*, parues en 1857 pour être aussitôt condamnées pour immoralité. Consolation ? La même année *Madame Bovary*, autre grande œuvre initiatrice de la modernité littéraire, est condamnée pour le même motif ! Baudelaire en tout cas se remettra mal de cette déception. Miné par la maladie, il traînera à Bruxelles puis à Paris une existence misérable et ne publiera plus rien. Ce n'est qu'après sa mort que paraîtront ses *Journaux intimes* et ses *Petits Poèmes en prose*.

De cette vie amère, besogneuse, débauchée mais pourtant jamais résignée à la misère et au vice, la structure même des *Fleurs du mal* est révélatrice. L'ordre des poèmes y est, dit-il, symbolique d'un essentiel itinéraire : « Le seul éloge que je sollicite pour ce livre est qu'on reconnaisse qu'il n'est pas un pur album et qu'il a un commencement et une fin. » Déterminée à coup sûr par l'expérience intime de son créateur, l'architecture des *Fleurs du mal* est bien en effet « itinéraire » : après une longue partie où il évoque, en plus de 80 pièces, la double postulation de son être, « Spleen et Idéal », il peint dans les quatre suivantes les quatre tentations susceptibles de l'arracher à sa misère, celle de la ville dans les « Tableaux parisiens », celle du « Vin », celle du vice métaphoriquement nommé « Fleurs du mal » et celle de « La Révolte ». Mais seule la cinquième tentation n'est peut-être pas illusoire ; c'est celle de la sixième partie du livre, « La Mort ».

« Moderne », l'œuvre de Baudelaire l'est d'abord par l'approche nouvelle qu'elle propose d'une sensibilité et de ses tourments. Terriblement défiant à l'égard de la Nature et plus encore de sa nature, Baudelaire va se prémunir contre les dangers de son expression en la systématisant en un conflit et un déchirement apparemment insurmontables : celui du « spleen » et de l' « idéal ». Au-delà du malaise ou de la « maladie » romantiques le spleen signifie d'abord une douloureuse prise de conscience par le poète de la malédiction qui pèse sur sa personne trop souvent livrée en pâture, comme *L'Albatros*, aux railleries d'un monde moqueur et méprisant. C'est encore cet affligeant sentiment d'impuissance, de manque d'inspiration, d'impossible maîtrise du temps de la vie et de la création que Baudelaire nomme *Le Guignon*. C'est enfin et surtout « l'ennui », l'expérience terrible de la médiocrité du quotidien qui distille l'angoisse et anéantit toutes les espérances du génie :

> « Et de longs corbillards, sans tambours ni musique
> Défilent lentement dans mon âme ; l'Espoir
> Vaincu, pleure, et l'Angoisse atroce, despotique,
> Sur mon crâne incliné plante son drapeau noir. »
>
> *(Spleen.)*

Grand complice du spleen, le Temps, *L'Ennemi* sournois qui ronge la vie et en dépossède celui à qui elle n'a été donnée, semble-t-il, que pour son malheur :

> « — O douleur ! O douleur ! Le temps mange la vie,
> Et l'obscur Ennemi qui nous ronge le cœur
> Du sang que nous perdons croît et se fortifie ! »

C'est néanmoins au cœur de cette sinistre détresse qu'apparaissent parfois les fugaces lumières de l'Idéal, monde rêvé qui ne serait fait que de beauté, de pureté, de vertu, univers qui comblerait à la fois les exigences de l'âme et les désirs du corps, « monde, dit Baudelaire, des belles saisons, des heureuses journées, des minutes délicieuses ». Monde en tout cas toujours perdu et toujours à reconquérir, *Vie antérieure* où s'exilent les rêves et la mémoire plus qu'ils ne la ressuscitent. Si le Temps nourrit le spleen, l'Idéal en effet ne brille que dans l'absolu de l'Instant. Jamais dans *Les Fleurs du mal* l'arrachement au spleen et la fusion dans les « splendeurs » de l'Idéal ne sont durablement vécus. Le paradis rêvé reste ainsi trop souvent inaccessible pour que l'homme ne soit tenté de lui substituer ses « paradis articiciels ».

« L'enthousiasme des sens et de l'esprit, écrit Baudelaire, ont dû, en tout temps, apparaître à l'homme comme le premier des biens ; c est pourquoi, ne considérant que la volupté immédiate, il a cherché (...) dans la pharmaceutique, dans les plus grossières liqueurs, dans les parfums les plus subtils, sous tous les climats et dans tous les temps, les moyens de fuir, ne fût-ce que pour quelques heures, son habitacle de fange. » Ainsi voit-on le poète multiplier dans son œuvre les artifices de toutes natures. Artifices que toutes les formes de l'ivresse : celle du parfum dans *La Chevelure*, celle du tabac dans *La Pipe*, celle de l'alcool dans *Le Vin des amants*, celle de l'opium dans *Le Rêve parisien* ; artifice que toutes les complaisances de la sensation, la mollesse magnétique des *Chats*, la tiédeur des soirs au *Balcon*, la moiteur réconfortante du sein de l'amante ; artifices encore que ces illusoires départs, que ces voyages imaginaires vers des pays perdus ou rêvés que l'on n'atteint jamais *(L'Invitation au voyage)*. Mais la tentation — ou tentative — suprême, l'artifice ultime est celui de la mort, voyage idéal où tous les espoirs et tous les désespoirs viendraient se fondre dans les délices de l'éternité :

> « O Mort, vieux capitaine, il est temps ! levons l'ancre !
> Verse-nous ton poison pour qu'il nous réconforte !

Nous voulons, tant ce feu nous brûle le cerveau,
Plonger au fond du gouffre, Enfer ou Ciel, qu'importe ?
— Au fond de l'Inconnu pour trouver du *nouveau* !

(Le Voyage.)

Gardons-nous bien de croire pourtant que l'itinéraire des *Fleurs du mal* soit un itinéraire salvateur. S'il y a progression sur le chemin des tentations, il n'y a guère de résolution des contradictions éprouvées qui ne cessent de ressurgir pour nourrir cette poésie par nature « cyclique ». Seul le langage montre peut-être la voie d'une délivrance. Baudelaire ne fut pourtant pas un grand novateur en matière de « poétique » ; la sienne reste souvent démodée, voire usée. Il innove plutôt moins que Gautier dans le domaine métrique et lexical ; il reste plus sage que Hugo dans le maniement des formes poétiques ; ses symboles ne sont guère plus « travaillés » que ceux de Vigny ; quant à sa pratique des poèmes en prose, elle montre assez comment elle n'est encore pour lui qu'un moyen parmi d'autres de l'expression poétique et non le moyen exceptionnel qui pourrait ouvrir à la poésie des espaces nouveaux, inexplorables par la seule versification. En ce sens il est beaucoup plus le continuateur des Aloysius Bertrand et Maurice de Guérin que le précurseur des Lautréamont ou Rimbaud.

Non, décidément son originalité « poétique » est ailleurs : dans une revalorisation totale des pouvoirs de l'Imagination et de ses instruments, les images. Déchiré par un conflit interne, torturé par les spectacles répugnants de la Nature, Baudelaire éprouve pourtant le sentiment d'une unité profonde, originelle, mais cachée de l'Etre : « Tout, forme, mouvement, nombre, couleur, parfum, dans le *spirituel* comme dans le *naturel*, est significatif, réciproque, converse, *correspondant*. Tout est hiéroglyphique. »

Or le langage, et plus précisément ses images poétiques, est pour lui le mode essentiel de reconnaissance, de traduction et d'expression de cette complexe mais « universelle analogie » : « Chez les excellents poètes, écrit-il encore, il n'y a pas de métaphore, de comparaison ou d'épithète qui ne soit d'une adaptation mathématiquement exacte dans la circonstance actuelle, parce que ces comparaisons, ces métaphores et ces épithètes sont puisées dans l'inépuisable fond de *l'universelle analogie* et qu'elles ne peuvent être puisées ailleurs. » Echappant aux contingences de la réalité quotidienne, en communion profonde avec l'essence de la Réalité, c'est le Dire chez Baudelaire qui est salvateur. Les images poétiques, jamais gratuites, tissent ainsi les réseaux subtils où se recompose un monde (correspondances « horizontales ») et où s'organise une symbolique fondamentale (correspondances « verticales »). Chacune de ces images, aussi modeste soit-elle, est toujours chez lui « métaphore », réconciliation de réalités séparées et suggestion d'un « ailleurs » idéal implicitement contenue dans la « magie » des mots « contenant à la fois l'objet et le sujet, le monde extérieur à l'artiste et l'artiste lui-même ».

C'est là que se fonde la vraie modernité de Baudelaire : ne plus faire de la poésie un simple moyen d'expression des certitudes de la raison comme chez les classiques, ni seulement l'espace d'effusion de l'émotion comme chez les romantiques, mais la penser comme la clé d'une intelligence nouvelle de l'ordre, apparent ou caché, du monde et du Moi. Désormais, après Baudelaire, le poète sera cet homme libéré, dont il parle dans *Elévation* :

> « Qui plane sur la vie, et comprend sans effort
> Le langage des fleurs et des choses muettes. »

II. — Isidore Ducasse « comte de Lautréamont » (1846-1870)

Des successeurs de Baudelaire Lautréamont est avec Rimbaud celui qui a le plus ardemment désiré l'accession à un monde « nouveau », libéré par la magie ou la violence du verbe poétique. Né à Montevideo, comme J. Laforgue, Lautréamont publie en 1869 chez l'éditeur Lacroix, dans une indifférence générale, un prodigieux recueil de 60 strophes en prose poétique regroupées en six chants, *Les Chants de Maldoror*. D'un romantisme exacerbé, paroxystique, mais d'une perpétuelle ironie à l'égard d'elle-même, cette poésie qui est aussi parodie de poésie reste difficile et énigmatique. Poésie de la Révolte et du Mal, elle est encore poésie florale, minérale, charnelle et ne se laisse jamais réduire à un seul sens et à un seul dessein. De cette dispersion déconcertante de l'œuvre témoignent les incroyables métamorphoses de son héros, Maldoror. Personnage étrange qui semble d'abord incarner la misère, la détresse et les passions de son créateur et de l'humanité tout entière, il devient au fil des strophes une sorte de monstre infernal, épousant les mille et une figures d'un bestiaire effrayant et maléfique ; aigle, poulpe, requin, araignée, il est toujours l'archange infernal qui ressuscite aussitôt que terrassé : « Moi, s'écrit-t-il, je fais servir mon génie à peindre les délices de la cruauté ! »

Aux métamorphoses du héros se superposent celles de l'écriture même de Lautréamont ; écriture, dit M. Blanchot, qui plonge ses racines dans « une imagination environnée de livres ». Dans le flux verbal des *Chants* alternent en effet, avec humour ou solennité, les rhétoriques les plus fleuries, les compilations les plus complaisantes, les pastiches les plus délirants. L'apôtre Jean, Homère, Dante, Milton, Hugo, Baudelaire sont conviés au plantureux festin d'une imagination et d'une écriture jamais assouvies ni assagies. Ce jeu d'un langage labyrinthique qui ne cesse de nourrir ses monstrueuses excroissances, qui réinvente à l'envi ses extraordinaires métamorphoses, est la part la plus fascinante de la poésie de Lautréamont. Chez lui, comme l'a fort bien montré Bachelard, le langage n'est plus signe, référent, symbole, mais chair, énergie, « présence » :

« Lautréamont, écrit-il, place la poésie dans les centres nerveux. Il projette, sans intermédiaire, la poésie. Il se sert du *présent* des mots. A ce simple point de vue linguistique, il était déjà en avance sur les poètes de son temps, qui ont, pour la plupart, vécu une histoire de la langue, parlé une phonétique classique et qui nous ont redit, comme Leconte de Lisle, un écho souvent impuissant, toujours invraisemblable des voix héroïques du passé. »

On comprend dès lors pourquoi plus tard Vaché, Breton, Gracq et bien d'autres honoreront en lui l'un des plus prestigieux précurseurs du surréalisme et verront dans *Les Chants de Maldoror* « le manifeste même de la poésie convulsive ». Pour la première fois peut-être le langage ne venait-il pas d'y servir résolument à la libération de toutes les pulsions de l'imaginaire et de toutes les forces de l'inconscient ?

« Tout ce qui, durant des siècles, écrit Breton dans son *Anthologie de l'humour noir*, se pensera et s'entreprendra de plus audacieux a trouvé ici à se formuler par avance dans sa loi magique. Le verbe, non plus le style, subit avec Lautréamont une crise fondamentale, il marque un *recommencement*. C'en est fait des limites dans lesquelles les mots pouvaient entrer en rapport avec les mots, les choses avec les choses. Un principe de mutation perpétuelle s'est emparé des objets comme des idées, tendant à leur délivrance totale qui implique celle de l'homme. A cet égard, le langage de Lautréamont est à la fois un dissolvant et un plasma germinatif sans équivalents. »

III. — Arthur Rimbaud (1854-1891)

Si l'on excepte les curieux fragments intitulés *Poésies*, on constate que *Les Chants de Maldoror* furent l'unique œuvre poétique de Lautréamont. Peut-être sa tentative était-elle trop « monstrueuse » pour être répétée ? Poussé par le même désir d' « inconnu », par la même exigence baudelairienne de « nouveau », l'œuvre de Rimbaud s'incarne au contraire dans une série de tentatives qui sont autant d'échecs surmontés et de paris renouvelés sur les pouvoirs de la poésie. Des poèmes de l'enfant prodige au grand silence de l'adulte, en passant par les folles expériences du jeune homme, c'est une même volonté qui ne cesse de s'affirmer.

Volonté qui est d'abord réaction et révolte. L'enfant de Charleville désespère du monde qu'il découvre : famille, église, école, patrie. Nourri de lectures romantiques, désireux de se faire publier un jour par les Parnassiens, il jette pêle-mêle dans ses premiers poèmes, écrits à l'imitation de Hugo et de Banville, ses répulsions et ses rêves : son mépris pour la médiocrité bourgeoise *(A la musique)* et sa bureaucratie *(Les Assis)*, son refus d'une religion hypocrite et d'une église complice des injustices du pouvoir *(Les Pauvres à l'église* ; *Les Premières Communions)*, son dégoût de la guerre *(Le Dormeur du val)* ; mais aussi sa soif d'aventure *(Sensation)*, sa « fantaisie » *(Ma Bohème)* ou sa sensualité naissante *(Les Réparties de Nina)*.

Mais très vite, devant le cours affreux d'une histoire (1870, la guerre, les atrocités de la Commune) que la poésie se révèle incapable de modifier, la dénonciation des crimes et des mesquineries de la société ne va plus lui suffire. Puisqu'Ici ne peut être « changé », c'est vers l'Ailleurs qu'il va délibérément se tourner : la rédaction en 1871 de *Bateau ivre* apparaît ainsi comme le premier « voyage » entrepris par le poète pour accéder au monde de la plénitude et de la liberté. Voyage euphorique, délirant, éblouissant, mais qui, comme toute expérience rimbaldienne, ne dure pas et s'achève dans la résignation et l'amertume :

« Si je désire une eau d'Europe, c'est la flache
Noire et froide où vers le crépuscule embaumé
Un enfant accroupi plein de tristesse, lâche
Un bâteau frêle comme un papillon de Mai. »

Et pourtant l'espoir, l'exigence même d'une création nouvelle, demeurent dans le souvenir des beautés fragiles de ce monde entrevu à défaut d'avoir été possédé :

« J'ai vu des archipels sidéraux ! et des îles
Dont les cieux délirants sont ouverts au vogueur.
Est-ce en ces nuits sans fonds que tu dors et t'exiles,
Million d'oiseaux d'or, ô future vigueur ? »

Cette « future vigueur », dont Rimbaud savait déjà qu'elle ne pouvait se fonder dans la banalité du quotidien, il sait aussi désormais qu'elle ne peut se nourrir du seul mirage des mots, qu'il lui faut un véritable support existentiel. Puisque changer le monde et changer la vie est si difficile, peut-être est-il du moins possible de changer *son* monde, *sa* vie ? Aussi décide-t-il en mai 1871 de tenter l'expérience de l'arrachement absolu, de la « révolution » totale du Moi :

« Je dis qu'il faut être *voyant*, écrit-il à son ami Demeny ; le poète se fait *voyant* par un long, immense et raisonné *dérèglement* de *tous les sens*. Toutes les formes d'amour, de souffrance, de folie ; il cherche lui-même, il épuise en lui tous les poisons, pour n'en garder que les quintessences (...). Il arrive à l'inconnu. »

Pendant deux ans effectivement Rimbaud, voyou tout autant que voyant, cultive tous les dérèglements et toutes les débauches, liaison homosexuelle avec Verlaine, absinthe, opium, haschisch, et tente d'orchestrer fantasmes et ivresses (*Comédie de la soif*, *Fêtes de la patience*, *Fêtes de la faim*) sur le théâtre poétique. Un instant *L'Eternité* a bien été « retrouvée », mais une nouvelle fois le rêve va s'épuiser dans la réalité : la brouille avec Verlaine et la maladie. Désabusé, Rimbaud rédige alors, en 1873, *Une saison en enfer*, récit débridé des chimères évanouies et témoignage lucide sur un art poétique devenu désormais impossible :

« A moi. L'histoire d'une de mes folies. (...) J'inventai la couleur des voyelles. (...) Je me flattai d'inventer un verbe poétique accessible, un jour ou l'autre, à tous les sens. (...) J'écrivais des silences, des nuits, je notais l'inexprimable, je fixais des vertiges. »

Ironique sur lui-même et apparemment résigné, lui qui jadis avait dit « adieu au monde dans d'espèces de romances » semblait dire là un *Adieu* définitif à la poésie :

« J'ai cru acquérir des pouvoirs surnaturels. Eh bien ! Je dois enterrer mon imagination et mes souvenirs ! Une belle gloire d'artiste et de conteur emportée ! Moi ! moi qui me suis dit mage ou ange, dispensé de toute morale, je suis rendu au sol. (...) Paysan ! »

Pourtant, il est désormais pratiquement certain que c'est lors du long voyage qu'il fait à travers toute l'Europe, de 1873 à 1878, que Rimbaud conçoit et réalise sa dernière expérience, celle des *Illuminations*. Dans cette œuvre fascinante, fulgurante, météorique, Rimbaud a visiblement usé à l'extrême de toutes les ressources de l'esprit et du langage. Le monde des *Illuminations* c'est d'abord en effet l'espace de déploiement d'une imagination « délivrée », le lieu où se construisent, en pleine lumière, des paysages inouis, libérés de toute pesanteur et de toute géographie rationnelle, telles ces *Villes* fantastiques ou ce *Métropolitain* hallucinant dont les peintres surréalistes se souviendront :

« Du détroit d'indigo aux mers d'Ossian, sur le sable rose et orange qu'a lavé le ciel vineux, viennent de monter et de se croiser des boulevards de cristal habités incontinent par de jeunes familles pauvres qui s'alimentent chez les fruitiers. Rien de riche. — La ville ! »

Au milieu de ces perspectives déconcertantes, au centre de cette architecture follement baroque, ivre de liberté, le poète danse : « J'ai tendu des cordes de clocher à clocher, des guirlandes de fenêtre à fenêtre, des chaînes d'or d'étoile à étoile, et je danse. »

Démiurge d'un monde où la fiction dépasse la réalité, Rimbaud est aussi dans *Les Illuminations* alchimiste d'un verbe insolite, d'une prose aux « formes nouvelles » où les mots et les choses viennent prendre place par pure affinité harmonique :

« Des pièces d'or jaune semées sur l'agate, des piliers d'acajou supportant un dôme d'émeraude, des bouquets de satin blanc et de fines verges de rubis entourent la rose d'eau » *(Fleurs)*.

Mais aussi brillantes et merveilleuses que soient ces *Illuminations*, elles ne sont encore qu' « éclairs » fugaces, que météorites incandescentes qu'annule leur propre chute. Rimbaud sait fort bien qu'il n'est que « l'éphémère citoyen » de ce monde miraculeux et fantasmatique dont la structure, à la fois éclatée et répétitive, est le signe même que rien n'y dure, que rien ne s'y construit sans aussitôt s'y dissoudre. Chaque spectacle, chaque « féerie » met ainsi en scène sa propre négation : « Un rayon blanc, tombant du haut du ciel, anéantit cette comédie » *(Ponts)*. Chaque rêve avoue ainsi son impuissance : « L'aube et l'enfant tombèrent au bas du bois. Au réveil il était midi » *(Aube)*.

Seul restait donc le silence pour celui qui n'avait plus rien à dire puisqu'il avait tout dit, tout essayé de dire ; seule restait donc la mort pour celui qui n'avait plus rien à vivre puisqu'il avait tout vécu, tout essayé de vivre. Un soir de novembre 1891, après dix ans de trafic dans le désert africain, Rimbaud vient mourir à l'hôpital de Marseille, méconnaissable et méconnu. S'il en a fini avec son histoire d'homme, il ne fait qu'inaugurer son mythe de poète prodige et de poète fou.

IV. — Paul Verlaine (1844-1896)

Compagnon de Rimbaud, Verlaine ne lui ressemble guère. Chez l'un dominent l'audace, le goût du risque et de l'aventure, celui de la violence parfois ; chez l'autre il y a plus de faiblesse, plus de nonchalance et de discrétion, plus de féminité peut-être : « Je suis un féminin, écrit Verlaine, ce qui expliquerait bien des choses... » Leurs œuvres aussi sont fort différentes : celle du premier, concise, fulgurante, brûle et se consume de son « ardeur » interne ; celle du second, plus épaisse, plus complaisante, a des beautés plus rares mais aussi plus subtiles comme celles d'un contre-jour. Il faut bien l'avouer, les 800 pages de l'œuvre poétique de Verlaine sont de la plus grande inégalité. Commencée dans l'imitation de F. Coppée et des Parnassiens (*Poèmes saturniens*, 1866), elle s'achèvera dans d'attristantes confessions teintées de religiosité et d'érotisme. Mais en son cœur, dans les douze années où sont écrits successivement les recueils des *Fêtes galantes* (1869), des *Romances sans paroles* (1874) et de *Sagesse* (1881) se découvre une émouvante recherche pour faire de la poésie la chanson de la vie.

Dans la poésie des *Fêtes galantes* Verlaine convie

tout l'univers festif du XVIIIe siècle, celui de Chardin, de Fragonard, de Watteau et de Boucher. Mais loin de sombrer dans les défauts et les médiocrités d'une poésie descriptive élémentaire, Verlaine va en renouveler la forme et l'esprit. Sous sa plume le paysage cesse d'être simple décor factice ou simple objet esthétique pour devenir espace de cristallisation des sensations les plus exquises et les plus raffinées. Gestes, lignes, couleurs, sons, tout, dans le paysage verlainien, participe du « paysage intérieur » de l'âme :

« Leurs courtes vestes de soie,
Leurs longues robes à queues,
Leur élégance, leur joie
Et leurs molles ombres bleues
Tourbillonnent dans l'extase
D'une lune rose et grise
Et la mandoline jase
Parmi les frissons de brise. »

(Mandoline.)

Verlaine ne se départira pas de cette sensibilité et de cette grâce si personnelles pendant l'infernale saison vécue avec Rimbaud. Loin de partager le goût de son cadet pour les folles aliénations, les arrachements spectaculaires et les exils hallucinés, il continuera d'évoluer vers une poésie qui soit pure mélodie, pur accent intérieur. Les *Romances sans paroles* sont à cet égard son chef-d'œuvre. Refusant les brutalités d'un dépaysement absolu, Verlaine accepte en revanche pleinement l'éparpillement et la dissipation du Moi dans la discrète opacité des éléments de l'espace et du temps, pluies, brumes, crépuscules, souvenirs, regrets :

« Il pleure dans mon cœur
Comme il pleut sur la ville.
Quelle est cette langueur
Qui pénètre mon cœur ? »

Jamais poète n'aura su inscrire avec autant d'élégance et de pertinence les chuchotements de l'âme dans les murmures du langage :

« Seul, Verlaine, écrira Huysmans, a pu laisser deviner certains au-delà troublants de l'âme, des chuchotements si bas de pensées, des aveux si murmurés, si interrompus, que l'oreille qui les percevait demeurait hésitante. »

Emprisonné à Bruxelles puis à Mons après la fin dramatique de sa liaison avec Rimbaud, Verlaine écrit *Sagesse* pour tenter d'effacer le souvenir des temps passés de la langueur et de la débauche ; pour retrouver aussi, à travers la foi, la sérénité perdue :

« Le ciel est par-dessus le toit,
Si bleu, si calme !
Un arbre par-dessus le toit,
Berce sa palme. (...)
Mon Dieu, mon Dieu, la vie est là,
Simple et tranquille.
Cette paisible rumeur-là
Vient de la ville. »

De cette sagesse trop équivoque, trop illusoire pour être durable, les nouveaux déboires de l'existence auront vite raison. Tout aussi incapable du sacrifice de l'écriture que du renoncement à la vie, dont Rimbaud lui avait montré le double chemin, Verlaine prolongera la médiocrité de sa vie par l'indigence d'une poésie qui témoigne tour à tour de ses « sages » et intenables résolutions *(Jadis et naguère ; Liturgies intimes)* et de ses rechutes dans le vice et le « péché » *(Parallèlement, Chansons pour elle)*.

Pour les poètes futurs, de Laforgue à Apollinaire, Verlaine restera pourtant un maître admiré. Il est vrai qu'ils lui devront, sur le plan technique, beaucoup plus qu'à Baudelaire ou Rimbaud. La poétique verlainienne, tout entière contenue dans son *Art poétique* de 1874, est en effet novatrice en bien des domaines. Au niveau métrique tout d'abord. Non content d'apporter après Hugo sa contribution à la dislocation de ce « grand niais d'alexandrin », Verlaine va se servir, avec un art consommé du boitillement et de l'hésitation, des mètres impairs les plus difficiles mais aussi les plus étonnamment mélodieux : pentasyllabes, heptasyllabes et surtout admirables hendécasyllabes de son *Crimen Amoris*. Avec la même subtilité il ose encore « truquer » les rythmes, jouer capricieusement des rimes et des assonances pour le plaisir de l'oreille, distiller les « nuances » et les ombres pour créer la plus séduisante collection de pastels poétiques où l'impressionisme pictural d'un Manet le dispute à l'impressionisme musical d'un Debussy. Car le mot clé de sa poétique est bien sûr celui de *musique* :

> « De la musique avant toute chose (...)
> De la musique encore et toujours. »

Odes, romances, chansons, la poésie verlainienne fut par essence musicale. Même dans ses textes les plus médiocres, dans ses vers les plus triviaux ou les plus négligés, s'entend une mélodie qui lui est consubstantielle comme l'est à Baudelaire le parfum et à Rimbaud la couleur. « Parfois peut-être, lui écrivait Banville, vous côtoyez de si près le rivage de la poésie que vous risquez de tomber dans la musique. Il est possible que vous ayez raison. »

V. — Stéphane Mallarmé (1842-1898)

Chez Baudelaire, Rimbaud ou Verlaine l'expérience poétique ne se conçoit pas en dehors de l'aventure de l'existence. Elle en est toujours l'exaltation ou le repoussoir. Mallarmé au contraire fut le premier à penser la poésie comme un exercice de l'esprit et une pratique du langage totalement étrangers aux aléas de la vie. Aussi bien la vie de ce modeste professeur d'anglais n'eut-elle rien d'extravagant et se partagea-t-elle entre les leçons indéfiniment répétées à d'ennuyeux élèves de lycées provinciaux et les soirées accordées chaque semaine, dans l'appartement de la rue de Rome, à de jeunes poètes admiratifs.

La collaboration au *Parnasse contemporain* et la lecture de Baudelaire furent deux facteurs déterminants pour la création mallarméenne. Des Parnassiens il devait retenir le sens du travail poétique, de la perfection formelle ; dans *Les Fleurs du mal* il devait identifier un drame et un déchirement qui étaient aussi les siens. Aussi ses premiers poèmes peuvent-ils passer pour autant d'esthétiques variations sur les grands thèmes baudelairiens : médiocrité humaine, désir d'évasion, rêve d'un ailleurs idéalisé. Mais *L'Azur* de Mallarmé ne coïncide pourtant pas avec l'Idéal baudelairien, son « ennui » n'est pas seulement spleen. Qu'on relise les quatrains des *Fenêtres* et l'on sentira combien l'insatisfaction chez lui est plus métaphysique que morale, plus essentielle qu'existentielle.

Dès 1870, en entreprenant la double rédaction d'*Hérodiade*, drame lyrique, et de *L'Après-Midi d'un faune*, poème de la sensualité et du silence, Mallarmé s'oriente vers une création nettement plus personnelle. Les deux textes sont en effet conçus comme les premières approches de ce Grand Œuvre qui le hante, de ce Grand Livre qu'il voudrait pur, libéré de toute contingence et livré à sa propre dynamique verbale :

« L'œuvre pure implique la disparition élocutoire du poète, qui cède l'initiative aux mots, par le heurt de leur inégalité mobilisés ; ils s'allument de reflets réciproques comme une virtuelle traînée de feux sur des pierreries. »

Désormais sa poétique se définit non comme la représentation ou la suggestion du réel mais comme sa « dématérialisation », à savoir « peindre non la chose mais l'effet qu'elle produit ». Poétique qui suppose d'abord la dépersonnalisation du sujet écrivant : « Je suis parfaitement mort. (...) Je suis maintenant impersonnel, non plus Stéphane que tu as connu, écrivait-il à Cazalis, mais une aptitude qu'a l'Univers spirituel à se voir et à se développer à travers ce qui fut moi. » C'est seulement à ce prix que peut se lever un réel nouveau, ou plutôt sa « presque disparition vibratoire », dans la transparence d'un Verbe cristallin sans cesse aminci et retaillé comme un joyau.

« L'explication orphique de la terre, qui est le seul devoir du poète », la rédaction du Livre « auquel le monde est fait pour aboutir », ne pouvaient également se réaliser, on le comprend, sans un hermétisme certain tant, chez Mallarmé, le Sens ne se révèle qu'au terme d'une périlleuse désarticulation de la syntaxe. Déconcertant, décourageant parfois, l'audacieux impressionisme lexical et grammatical de sa *Prose pour des Esseintes*, de ses *Tombeaux* ou *Hommages* était nécessaire à la production de cette « poésie de l'absence pure » dont parle G. Picon et dont Sartre voyait dans *Le Vierge, le vivace et le bel aujourd'hui* la meilleure illustration :

« Un cygne d'autrefois se souvient que c'est lui
Magnifique mais qui sans espoir se délivre
Pour n'avoir pas chanté la région où vivre
Quand du stérile hiver a resplendi l'ennui. »

Si le Grand Œuvre ne fut jamais pleinement réalisé par Mallarmé, c'est probablement dans un texte paru en 1897 à la veille de sa mort qu'il en aura donné la plus signifiante esquisse. Dans une labyrinthique phrase organisée autour de la proposition centrale, *Un coup de dés jamais n'abolira le hasard*, et exprimant la mouvance même de la Pensée dans ses rapports avec le chaos de l'Univers et l'ordre du Langage, se reconnaît en effet le double projet orphique : expliquer le monde en le faisant parler par les mystères du Verbe. Lancée comme un coup de dés hasardeux, mais s'imposant comme un Tout absolu et nécessaire — par ses traces comme par ses silences — la phrase mallarméenne devient là poème idéal où nulle opacité ne nuit au surgissement et à la « constellation » des essences : *Rien n'aura eu lieu que le lieu excepté peut-être une constellation.*

Aucun poète, même pas Valéry, le meilleur disciple du Maître, n'osera s'aventurer au-delà de ce texte qui rend pour ainsi dire sensible la lisière de toute poésie, la frontière du Dicible et de l'Indicible.

VI. — Décadents et symbolistes (1875-1900)

Employé par Baudelaire puis par Verlaine, le mot de *décadence* allait faire un moment fortune, dans les années 1875-1885, chez les jeunes poètes de la dernière génération du siècle, saisis, comme leurs aînés romantiques, par ce « mal » étrange que sécrètent les temps difficiles ou incertains de l'Histoire. Prolongatrice du dandysme baudelairien et de la bohème rimbaldienne, la décadence se manifesta à travers cent feuilles et périodiques éphémères et régna sur les cafés de la Butte ou les cabarets de la Rive gauche. Là devait s'exprimer, se confronter, toute une jeunesse poétique débraillée et dépareillée. Hydropathes y rivalisent avec Hirsutes, Zutistes avec Jmenfoutistes, néo-romantiques y côtoient Parnassiens repentis ou admirateurs de Verlaine et de Rimbaud. D'unité et de rigueur il ne saurait être question dans ces nouveaux cénacles où souffle le vent de la désinvolture, et ce ne sont pas le journal

Le Décadent ou le *Manifeste de l'Ecole décadente* du bon Anatole Baju qui pourraient faire croire un seul instant à la cohérence d'un groupe ou d'une école. Quelques noms cependant émergent de cette faune bariolée et enthousiaste : G. Nouveau, L. Tailhade, G. Rodenbach, E. Mikhaël, le plaisant méridional Charles Cros, auteur du *Coffret de santal* (1873) et amant de la célèbre Nina de Villard, ou encore Tristan Corbière dont *Les Amours jaunes* (1873) méritent citation.

Le seul grand nom de la décadence, et à dire vrai en marge du phénomène décadent lui-même, reste celui de Jules Laforgue (1860-1887). Mieux qu'aucun autre, ce natif de Montevideo, rongé par une maladie qui devait l'emporter à vingt-sept ans, illustra dans son œuvre, avec intelligence, sensibilité et sincérité, le nouveau « mal du siècle. » Au seuil de ses *Complaintes* (1885) il écrivait : « J'écris de petits poèmes de fantaisie, n'ayant qu'un but : faire de l'original à tout prix. » Certes, son *Imitation de Notre-Dame la Lune* (1886) ou son *Sanglot de la Terre* (posthume, 1901) ne manquent ni d'humour ni d'originalité. Ce pessimiste déprimé sut trouver dans ses chansons plaintives les mots et les rythmes nouveaux qu'il fallait pour dire son mal et celui de son temps. Les libertés esthétiques qu'il prit, les « dévergondages » poétiques qu'il se permit, lui furent, comme plus tard pour Desnos, les meilleurs moyens d'évoquer, en les exorcisant, les horreurs d'un monde « encrassé » et les obsessions de son âme tourmentée.

A la mêlée décadente, dissoute dans ses propres extravagances et disparités, succède à partir de 1885 environ la « réaction » symboliste. Mais, comme ceux de décadence et de décadents, les mots de symbole et de symbolistes recouvrent de multiples interprétations et masquent seulement une grande diversité de conceptions et de pratiques poétiques. Que de confusions le seul mot de symbole n'entraînera-t-il pas chez ses adeptes qui ne percevront pas toujours les usages bien différents qu'en font un Vigny et un Mallarmé ! De combien d'incompréhensions, de malentendus et de « trahisons » allait être victime ce dernier !

Une nouvelle fois les termes d'école et de groupe sont inadéquats pour parler de cette autre floraison poétique dont les multiples feuilles signalent suffisamment encore la variété et les contradictions : *Le Symboliste* (1886), *La Plume* (1889), *Le Mercure de France* (1890), *La Revue blanche* (1891). Car il n'est pas sûr, loin s'en faut, que tous les poètes symbolistes se soient reconnus dans le « Manifeste du symbolisme », d'un platonisme pontifiant, que Moréas donna au *Figaro* le 18 septembre 1886. Seul son refus de « l'enseignement, de la déclamation, de la fausse sensibilité » fit sans doute l'unanimité ainsi que l'expression de son désir d'un renouvellement technique dont Verlaine et Laforgue avaient déjà montré la voie : « L'ancienne musique arrivée ; un désordre savamment ordonné ; la rime illucescente et martelée comme un bouclier d'or et d'airain, auprès de la rime aux fluidités absconses ; l'alexandrin à arrêts multiples et mobiles ; l'emploi de certains nombres impairs. »

Autour de Jean Moréas (1856-1910), théoricien mais aussi poète (*Les Syrtes*, 1884 ; *Cantilènes*, 1886), gravitent de nombreuses figures parfois revenues d'ailleurs de la décadence : les « Américains » Stuart-Merrill (1863-1915) et Vielé-Griffin (1864-1937), tous deux fervents admirateurs de Mallarmé, le discret A. Samain (1858-1900), les Belges E. Verhaeren (1855-1916) et M. Maeterlinck (1862-

1949) qui tenta l'expérience d'un théâtre symboliste (*Pelléas et Mélisande*, 1892), C. Guérin (1873-1907), H. de Régnier (1864-1936), R. Ghil (1862-1925) qui s'essaya à la poésie expressive et donna un intéressant *Traité du verbe* (1886) que préfaça Mallarmé, ou encore G. Kahn (1854-1936) qui se voulut l'inventeur de ce vers libre que manièrent plus tard mieux que lui Claudel ou Saint-John Perse.

Excessivement disparate le symbolisme, en tant que mouvement, ne s'imposera pas davantage que la décadence. A preuve la volte-face, dès 1890, de Moréas qui, renonçant à ce qui ne lui paraît plus désormais que licences ou faiblesses poétiques, prônera le retour à la rigueur et à la sobriété des grands modèles antiques ou classiques. Dans cette démarche rétrograde le suivront les gens de « l'école romane », fondée en 1891 : R. de La Tailhède, E. Raynaud, M. du Plessys et le théoricien et critique Charles Maurras.

C'est sous le titre révélateur de *Stances* que Moréas publiera ses poèmes seconde manière (1899-1901). Il s'agit bien là en effet d'un coup d'arrêt donné au grand élan poétique qui s'était manifesté depuis Baudelaire. Coup d'arrêt tout théorique car derrière les voix déliquescentes ou momifiées du siècle qui meurt se lèvent celles du siècle naissant : Claudel, Valéry, Péguy, F. Jammes, L.-P. Fargue...

CHAPITRE V

DU ROMAN NATURALISTE AU SURNATURALISME ROMANESQUE

I. — La crise du naturalisme

Il serait illusoire de croire que sur le plan romanesque la période 1850-1890 fut exclusivement « réaliste ». Si l'on doit reconnaître que durant ces années c'est surtout dans la poésie que se sont réfugiées les nostalgies de l'idéal et déployées les richesses du rêve et de l'imaginaire, force est de constater aussi la persistance, sous le règne de Flaubert et de Zola, d'un courant intimiste et psychologique hérité du romantisme. Ainsi E. Fromentin (1820-1876), quand il donne en 1862 son *Dominique*, peut-il apparaître comme le dernier des autobiographes de la lignée des Chateaubriand et B. Constant même si chez lui la veine intimiste est plus maîtrisée que chez ses devanciers et si son écriture se montre disciplinée, assagie, jusqu'à la discrétion. Différentes, inégales, les œuvres romanesques de Gobineau (1816-1882) marquent une pareille indifférence à l'égard des leçons du réalisme, que ce soient ses romans psychologiques, *Adélaïde*, *Mademoiselle Irnois*, son grand récit de voyage intitulé *Les Pléiades* (1874) ou ses intéressantes *Nouvelles asiatiques* qui restent son chef-d'œuvre.

Pourtant, si dès 1885 les esthétiques réaliste et naturaliste semblent devoir reculer, ce n'est pas tant sous les coups d'une contestation extérieure que sous ceux de certains de leurs anciens adeptes. À cet égard, l'année 1887 paraît décisive : au moment même où Brunetière publie son essai sur *La Banqueroute du naturalisme*, la « bande à Zola », entendons le groupe des fervents et assidus disciples des soirées de Médan, s'effrite et se déchire. Indignés par la publication de *La Terre*, roman dans lequel ils estiment que leur maître est « descendu au fond de l'immondice », cinq « médanistes », Rosny, Descaves, Margueritte, Bonnetain et Guiches, entrent dans la « dissidence » et publient un réquisitoire qui fera date, le *Manifeste des Cinq*.

A vrai dire celui-ci affectera moins Zola que ne l'avait touché, trois ans auparavant, la « trahison » d'un de ses plus fidèles disciples, J. K. Huysmans (1848-1907). Celui qui avait épousé avec enthousiasme toutes les théories naturalistes et rédigé d'abord trois romans, *Les Sœurs Vatard*, *En ménage* et *A Vau-l'eau*, dans la plus stricte observance des principes de l'école, devait en effet publier en 1884 un roman jugé inacceptable par Zola : *A Rebours*. Comment l'auteur de *L'Assommoir* aurait-il pu effectivement admettre ce livre et son héros, Des Esseintes, sorte de « cousin équivoque de René, admirateur éperdu de Baudelaire et de Barbey », écrit très bien M. Fumaroli, détracteur des impostures du réel objectif, amoureux de ses fantasmes et collectionneur des artifices les plus baroques ? Dans une passionnante *Préface*, rédigée seulement en 1903, Huysmans justifiera son roman, véritable pastiche des excès naturalistes, et son personnage, incarnation de l'existence et de la rhétorique décadentes, par le désir d'échapper à un cercle vicieux et de chercher une autre voie :

« Le naturalisme s'essoufflait à tourner la meule dans le même cercle. La somme des observations que chacun avait emmagasinées, en les prenant sur soi-même et sur les autres, commençait à s'épuiser. (...) Nous devions nous demander si le naturalisme n'aboutissait pas à une impasse et si nous n'allions pas bientôt nous heurter contre le mur du fond. »

Ce que fondamentalement Huysmans venait de contester c'était le primat du naturalisme comme forme expérimentale du roman. Pour lui un autre roman, sous d'autres formes, pouvait et devait faire éclater l'épaisseur sclérosante où le genre risquait de s'enliser :

« Il y avait beaucoup de choses, ajoutait-il, que Zola ne pouvait comprendre ; d'abord ce besoin que j'éprouvais d'ouvrir les fenêtres, de fuir un milieu où j'étouffais ; puis le désir qui m'appréhendait de secouer les préjugés, de briser les limites du roman, d'y faire entrer l'art, la science, l'histoire, de ne plus se servir, en un mot, de cette forme que comme d'un cadre pour y insérer de plus sérieux travaux. »

Pour Huysmans lui-même le renouveau viendra de sa « conversion » et de son mysticisme dans lesquels il puisera l'inspiration de romans d'un lyrisme parfois véhément, *Là-bas*, *En Route*, *La Cathédrale*, *L'Oblat*. En tout cas la brèche était désormais ouverte. D'autres, comme lui, faisaient ou allaient pouvoir « faire à tout prix du neuf ».

II. — Expériences surnaturalistes

Contesté en tant que forme et en tant que support d'une certaine idéologie, le roman, qui a déjà derrière lui ses grandes heures, reste cependant un genre fécond dans le dernier quart du siècle. Il est à remarquer néanmoins que les fissures relevées dans l'édifice des conceptions réaliste et naturaliste ont leurs corrélations sur le simple plan formel : la nouvelle, le conte, le libre récit retrouvent, avec le renouveau de l'inspiration, un rang que leur avait arraché depuis trente ans le roman pur et simple. C'est que l'idéologie et l'inspiration intempestives de quelques écrivains avaient sans doute besoin, pour mieux se signifier, de formes, elles aussi, intempestives.

Au premier rang de ces contestataires il faut citer Barbey d'Aurevilly (1808-1889) dont la moindre des caractéristiques n'est pas d'avoir connu le succès à soixante ans seulement ! Dandy célèbre, reconverti avec l'âge à un catholicisme intransigeant, il fut l'un des premiers à parier sur Baudelaire contre les « papes » du positivisme et du matérialisme. Ce fougueux polémiste, aux idées d'un autre temps, se fit un devoir de vitupérer les théories de Zola, d'en caricaturer les excès, et de réhabiliter ce qu'il croyait en être le principe contraire, l'imagination :

« Qu'importe la vérité exacte, *pointillée*, méticuleuse des faits, écrivait-il dans la préface de *L'Ensorcelée* (1854), pourvu que les horizons se reconnaissent, que les caractères et les mœurs restent avec leur physionomie, et que l'imagination dise à la mémoire muette : « c'est bien cela ! ». »

Cette imagination il la mit lui-même au service de ses romans historiques « retro », comme *Le Chevalier des Touches* (1864), mais en fit surtout l'instrument d'appréhension et d'évocation d'un surnaturel satanique dont débordent ses saisissantes nouvelles groupées en 1874 dans le recueil des *Diaboliques*. Souvent captivantes, quelquefois trop naïves, toujours surprenantes, ces « histoires » où les héroïnes sont autant de possédées font parfois oublier que Barbey fut aussi l'un des grands de ce que Huysmans appelait « la littérature ecclésiale moderne » :

« Il fut le seul artiste, ajoutait-il, au pur sens du mot, que produisit le catholicisme de ce temps, (...) dont l'audace faisait braire la bedeaudaille qu'exaspérait la véhémence explosive de ses phrases. »

Sans lui contester ce rang, on peut rapprocher de la personnalité de Barbey celle de cet autre légitimiste et catholique rigoureux, lui aussi romancier « surnaturaliste », Villiers de l'Isle-Adam (1838-1889). De vieille noblesse, mais ruinée, Villiers fut bien autant que Barbey l'apôtre de la lutte contre une démocratie qu'il ne pouvait comprendre et un positivisme bourgeois qu'il ne pouvait que haïr. Malheureux dans ses tentatives théâtrales, sa plume de romancier lui valut plus de satisfactions. On lui doit la plus violente satire du bourgeois du XIXe siècle et la plus dure dénonciation du règne de l'argent et des « impostures » de la science, dans son *Tribulat Bonhomet* de 1887 où le dérisoire « agrégé de physiologie » est livré aux sarcasmes d'un auteur conforté par ses inébranlables certitudes de vieux noble. C'est peut-être parce qu'il fut un impitoyable détracteur du réalisme que Villiers fut aussi l'un de nos meilleurs auteurs de contes fantastiques et de nouvelles mystérieuses (*Contes cruels*, 1883 et *Nouveaux contes cruels*, 1888 ; *Histoires insolites*, 1888) où transparaît sa double admiration pour le Baudelaire déchiffreur de « symboles » et l'Edgar Poe technicien du « suspense » littéraire.

Ajoutons à ces deux grands noms celui de Léon Bloy (1846-1917) qui forme avec eux le singulier trio des écrivains catholiques et polémistes de cette fin de siècle. D'une éloquence fougueuse, ce grand pamphlétaire, de la trempe des L. Veuillot et E. Hello, nous a laissé deux romans « vécus », *Le Désespéré* (1876) et *La Femme pauvre* (1897). L'enfer de la souffrance y remplace l'enfer satanique de Barbey et les arcanes de l'occultisme de Villiers ; l'écrivain s'y est voulu « en communion d'impatience avec tous les révoltés, tous les déçus, tous les inexaucés, tous les damnés de ce monde ».

CONCLUSION

Grand âge des débats, le XVIIIe siècle, en multipliant les formes littéraires « ouvertes », avait été par excellence le siècle de la prose d'idées et philosophique. La tragédie classique en revanche s'y était momifiée, la poésie y avait été quasiment réduite à de futiles jeux de salons et le roman n'y avait pas encore trouvé son autonomie et sa consistance propre. En regard de son prédécesseur le XIXe siècle, grand âge des démonstrations plus encore que des débats, apparaît comme un temps d'épanouissement de l'ensemble des formes littéraires. La poésie d'abord y connaît la plus importante évolution — pour ne pas dire révolution — de notre histoire depuis le XVIe siècle : libérée dans sa forme et dans son inspiration par les contestataires romantiques, elle devient après Baudelaire, et en dépit de la réaction parnassienne, le premier instrument d'expression des profondeurs de la sensibilité et de pressentiment d'une « surréalité » fascinante. Le roman connaît, lui, sa pleine maturité. Il est, du fait des conditions historiques et sociales, le grand genre du siècle : personnel et historique avec les romantiques, réaliste avec Balzac, Stendhal et Flaubert, social et naturaliste avec Zola et ses amis, mais aussi idéaliste, fantastique, surnaturaliste, protéiforme en un mot, il aura parfaitement su montrer le Réel, peindre un Monde et conter une Histoire. Si le théâtre n'a évidemment pas connu des heures de gloire comparables à celles du Grand Siècle, il se sera lui aussi libéré, dans les impressionnantes réalisations dramatiques des romantiques, et préparé, sous l'impulsion de certains symbolistes, à ses grandes métamorphoses du début du XXe siècle. L'histoire enfin comme la critique littéraire ont participé en permanence et de manière fructueuse à cette fécondité du siècle en accédant au rang de disciplines et de genres cohérents et rigoureux.

De 1890 à 1900 de nouveaux visages et de nouvelles voix apparaissent : celle de Paul Claudel dans *Tête d'or*, celle de Marcel Proust dans *Jean Santeuil*, celle d'Alfred Jarry dans *Ubu roi*, celle d'André Gide dans *Les Nourritures terrestres*, celles aussi de Max Jacob, de Guillaume Apollinaire et de bien d'autres. Sans être forcément des voix de rupture, toutes sont déjà voix d'un autre temps : le nôtre.

BIBLIOGRAPHIE

1. *Sur l'esprit et les thèses romantiques*

A. BEGUIN, *L'âme romantique et le rêve*, Corti, 1946.
P. MOREAU, *Le romantisme*, Del Duca, 1957.
P. VAN TIEGHEM, *Le romantisme dans la littérature européenne*, A. Michel, 1969.
H. PEYRE, *Qu'est-ce que le romantisme ?*, PUF, 1971.
J.-P. RICHARD, *Etudes sur le romantisme*, Seuil, 1971.
M. LIOURE, *Le drame*, A. Colin, 1963.
G. POLLET, *Benjamin Constant par lui-même*, Seuil, 1968.
P. BARBÉRIS, *René, un nouveau roman*, Larousse, 1973.
— *Chateaubriand ; à la recherche d'une écriture*, Mame, 1977.
P. BENICHOU, *Le Temps des prophètes*, Gallimard, 1977.

2. *Sur la poésie romantique*

R. SABATIER, *La poésie du XIXe siècle* (t. 1), A. Michel, 1977.
D. RINCÉ, *La poésie française du XIXe siècle*, PUF, 1977.
M.-F. GUYARD, *Lamartine*, Ed. Universitaires, 1956.
P. VAN TIEGHEM, *Musset*, Hatier, 1967.
P. G. CASTEX, *Vigny*, Hatier, 1952.
H. GUILLEMIN, *Victor Hugo par lui-même*, Seuil, 1951.
P. ALBOUY, *La création mythologique chez Victor Hugo*, Corti, 1963.
R. JEAN, *Nerval par lui-même*, Seuil, 1964.
J. RICHER, *Gérard de Nerval*, Seghers, 1972.
P. GASCAR, *Gérard de Nerval et son temps*, Gallimard, 1981.

3. *Sur le roman avant 1850*

M. RAIMOND, *Le roman depuis la révolution*, A. Colin, 1967.
G. LUKACS, *Le roman historique*, Payot, 1965.
M. BARDÈCHE, *Balzac romancier*, Plon, 1940.
G. PICON, *Balzac par lui-même*, Seuil, 1969.
P. BARBÉRIS, *Balzac et le mal du siècle*, Gallimard, 1970.
G. BLIN, *Stendhal et les problèmes du roman*, Corti, 1954.
G. DURAND, *Le décor mythique de la Chartreuse de Parme*, Corti, 1961.
P. SALOMON, *Sand*, Hatier, 1959.
M. CROUZET, *Stendhal et le langage*, Gallimard, 1981.

4. *Sur la poésie après 1850*

C. MAURON, *De Baudelaire au surréalisme*, Corti, 1940.
H. LEMAITRE, *La poésie depuis Baudelaire*, A. Colin, 1965.
J.-P. RICHARD, *Poésie et profondeur*, Seuil, 1955.

R. SABATIER, *La poésie du XIXe siècle* (t. 2), A. Michel, 1977.
P. FLOTTES, *Leconte de Lisle*, Hatier, 1954.
G. BLIN, *Baudelaire*, Gallimard, 1939.
J.-P. SARTRE, *Baudelaire*, Gallimard, 1947.
M. BLANCHOT, *Lautréamont et Sade*, « 10/18 », 1967.
J. LEFRÈRE, *Le visage de Lautréamont*, P. Horay, 1977.
Y. BONNEFOY, *Rimbaud*, Seuil, 1967.
ETIEMBLE, *Le mythe de Rimbaud, Gallimard*, 1961.
PLESSEN, *Promenade et poésie*, Mouton, 1967.
A. ADAM, *Verlaine*, Hatier, 1953.
O. NADAL, *Paul Verlaine*, Mercure de France, 1961.
C. MAURON, *Mallarmé l'obscur*, Corti, 1968.
J.-P. RICHARD, *L'univers imaginaire de Mallarmé*, Seuil, 1962.
H. PEYRE, *Qu'est-ce que le symbolisme ?* PUF, 1974.
G. MICHAUD, *Message poétique du symbolisme*, Nizet, 1947.
N. RICHARD, *Le mouvement décadent*, Nizet, 1968.
H. FRIEDRICH, *Structures de la poésie moderne*, Denoël-Gonthier, 1976.
J.-P. GIUSTO, *Rimbaud créateur*, PUF, 1980.
G. POULET, *La Poésie éclatée*, PUF, 1980.
P. PETITFILS, *Verlaine*, Julliard, 1981.

5. *Sur le roman après 1850*

R. DUMESNIL, *Le réalisme et le naturalisme*, Del Duca, 1965.
J.-P. RICHARD, *Littérature et sensation*, Seuil, 1954.
J.-P. SARTRE, *L'idiot de la famille*, Gallimard, 1971.
G. BOLLÊME, *La leçon de Flaubert*, « 10/18 », 1972.
R. RICATTE, *La création romanesque chez les Goncourt*, A. Colin, 1953.
J. BORIE, *Zola et les mythes*, Seuil, 1971.
A. de LATTRE, *Le réalisme selon Zola*, PUF, 1975.
A. VIAL, *G. de Maupassant et l'art du roman*, Nizet, 1954.
P. G. CASTEX, *Le conte fantastique en France de Nodier à Maupassant*, Corti, 1951.
P. COGNY, *Huysmans à la recherche de l'unité*, Nizet, 1953.
M. RAIMOND, *La crise du roman, des lendemains du naturalisme aux années vingt*, Corti, 1967.
H. MITTERAND, *Le Discours du roman*, PUF, 1980.

6. *Sur l'histoire et la critique au dix-neuvième siècle*

R. FAYOLLE, *La critique*, A. Colin, 1964.
P. MOREAU, *La critique littéraire en France*, A. Colin, 1960.
M. REGARD, *Sainte-Beuve*, Hatier, 1960.
R. BARTHES, *Michelet par lui-même*, Seuil, 1954.
P. VAN TIEGHEM, *Renan*, Hachette, 1968.
M. LEROY, *Histoire des idées sociales en France de Babeuf à Tocqueville*, Gallimard, 1950.
M. AMBRIÈRE, *Précis de littérature française du XIXe siècle*, PUF, 1990.

TABLE DES MATIÈRES

Imprimé en France
Imprimerie des Presses Universitaires de France
73, avenue Ronsard, 41100 Vendôme
Septembre 1991 — N° 36 998